D1854307

Harry Thürk

Die tätowierte Unschuld

DELIKTE
INDIZIEN
ERMITTLUNGEN
DIE
KRIMIS

Horst-P. Ostermann
Wirtschafts-Ing. (grad.)
Am Weiher 5
6365 Rosbach 3-Rodheim

HARRY THÜRK

DIE TÄTOWIERTE UNSCHULD

DELIKTE
INDIZIEN
ERMITTLUNGEN
DIE KRIMIS

KOMET

Genehmigte Lizenzausgabe für KOMET Verlag GmbH, Köln
Copyright © 1994 Das Neue Berlin Verlagsgesellschaft mbH, Berlin
Satz: Bild1Druck GmbH, Berlin
Gesamtherstellung: KOMET Verlag GmbH, Köln

ISBN 978-3-86941-309-9

www.komet-verlag.de

1

Das Mädchen trippelte mit kleinen, geziert wirkenden Schritten, und trotzdem schwang ihr Hintern so betörend nach rechts und links aus, dass ich mich von der Limonade abwandte, die ich gerade schlürfte, und mir die schaukelnden Rundungen in aller Ruhe betrachtete, bis sie hinter einer schlecht beleuchteten Bude mit Trockenfisch, Tigerknochenwein und anderen Delikatessen verschwanden.

»Poor Man's Night Club«, der riesige Parkplatz, der bei Nacht zum Rummelplatz wurde, nahe der Anlegestellen der Macao-Fähren, am Stand von Hamburger-Charly, meinem alten Freund.

Der hatte noch alle Hände voll zu tun. Musste seinen beiden Bratmädchen helfen, die echt amerikanischen Hamburger, die er aus rotchinesischem Wasserbüffelfleisch zubereitete, an den Mann zu bringen. Auch an die Frau. Unter dem Sternenbanner, mit dem er seinen Stand stilecht dekoriert hatte. Ich wette, ein Haufen Esser wiegt sich in der Illusion, zwischen den Maisbrötchenhälften steckt tatsächlich texanisches Rinderhack, cowboygearbeitet sozusagen. Was mir egal sein kann, denn warum soll mein Freund Charly nicht an der Plastic-food-Mode seinen Schnitt machen, in unserer Kolonie, in der jeder schneidet!

Er entdeckte mich. Zog einen Flunsch über meine Limonade und warf mir eine Flasche mutterländisches

»Snowflake« zu. Deutete auf den Stuhl seitlich vom Bratblech, wo man ein wenig den Blicken der Kauenden entzogen sitzen konnte.

»Warum hat sie nicht gleich mit dir selber verhandelt?»

Er hielt mir eines seiner noch dampfenden Produkte hin und drückte aus einer Ketchupflasche rote Paste drauf, bis ich protestierte. Trotzdem aß ich diese Dinger inzwischen sehr gern. Die Illusion hatte mich nicht gefangen, aber der Geschmack lag mir. Außerdem ersparte so ein Imbiss mir eine späte Mahlzeit, die mir auf der Dschunke, die ich in Aberdeen bewohne, eine Menge Arbeit gemacht hätte. Als Junggeselle mit gelegentlichem Damenbesuch kocht man nur, wenn es sich gar nicht vermeiden lässt. Oder wenn es Spaß macht. Aber solche Gelegenheiten sind selten bei einem Mann wie mir, der in ziemlich lange zurückliegender Zeit einmal das ehrbare Handwerk eines Kochs gelernt hat.

Ich wurde aus der Bemerkung Charlys nicht klug und sagte an einem Bissen Hamburger vorbei: »Du sprechen geheimnisvolle Worte, großer Häuptling.«

Eine japanische Touristin blitze Charly mit ihrer Kamera an. Er fletschte bereitwillig die Zähne, wie Sun Wukung, der Affenkönig in der Oper, dann kassierte er, und dabei quengelte er zu mir herüber: »Hat dich vielleicht nicht erkannt. Oder weiß nicht, wie du aussiehst. Ich meine, dass du so heruntergekommen aussiehst …«

Rätsel. Ich zog an der »Snowflake«-Flasche, das süffige Bier aus dem Mutterland glättete meine Kehle und übte eine beruhigende Wirkung aus, denn es ließ mich völlig kalt, als Charly zwischen einem Zehndollarscheinwechsel und zwei weiteren Hamburgern verwundert fragte: »Du kennst sie wohl auch nicht, wie?«

Als ich die Kaufläche einen Augenblick frei hatte, gab ich ihm zu bedenken: »Die meisten Hongkonger Schönheiten kennen mich nicht, das ist ihre Tragödie!«

»Aber – sie hat nach dir gefragt!«

»Wer, bitte, ist die, von der du redest?«

Er wurde wütend, eine seltene Erscheinung bei Charly. »Himmel, zuerst guckst du ihr den Rock vom Hintern, und dann tust du so, als wüsstest du von nichts! Lao Dangs jüngste Tochter …«

Mir fiel das trippelnde Mädchen von vorhin ein. »Das war also Lao Dangs Tochter?«

»Nancy Lee. War mal verheiratet. Jetzt nicht mehr. Ganz clevere Mama, an der kannst du dir eine Zahnlücke holen, wenn du nicht aufpasst.«

Er sprach von der Tochter des Chefs der Triade »Weißer Mohn«, an die er Schutzgeld zahlte. Lao Dang. Einer der ältesten Betreiber des Gewerbes in der Kolonie. Eine Hongkonger Institution, wie die Mittagskanone. Schon als ich noch in der Polizei diente, waren wir über ihn im Bilde gewesen. Er hatte selten Konflikte mit dem Gesetz gehabt, weil er die Grenzen kannte, in denen man zu bleiben hat, wenn man erreichen will, dass einen die Polizei als zu kleinen Fisch zwar registriert, aber nicht gezielt verfolgt. Ließ die Imbissbuden in Victoria abklappern. Kassierte moderat. Und vermied törichte Zuspitzungen, wenn einer seiner »Schutzbefohlenen« einmal wegen schlechten Geschäften nicht zahlen konnte. Dabei war Lao Dang durchaus kein kleiner Fisch. Die besten Erträge holte er aus dem Immobiliengeschäft. Das betrieb er legal. Kein Sterblicher kann bei einem Hongkonger Tycoon unterscheiden, was er legal oder illegal einnimmt, das ist das Geheimnis vieler Villen am Peak, vieler hochtouriger Yachten, vieler Nummernkonten in Zürichs Bahnhofstraße oder kürzlich eingerichteter Ausweichfilialen auf den Bahamas – für den Fall, dass nach der Übernahme Hongkongs durch die Volksrepublik die Geschäfte nicht mehr in gewohnter Art laufen.

»Das mit den Immobilien erledigt die Kleine«, klärte mich Charly auf, der sich auch ein Bier gönnte. Seine beiden Mädchen am Bratblech verströmten inzwischen Knoblauchduft und Liebenswürdigkeit, während sie das gebratene Büffelhack zwischen die Brötchenhälften klatschten, Zwiebel drauf, Ketchup, Lächeln, kassieren – das lief ab wie ein Karate-Film im Fernsehen. Nur nicht so gewalttätig.

»Erzähl mir was von dieser Mücke«, forderte ich Charly auf.

Der grinste fröhlich. »Schmink dir die Mücke ab, Partner. Die tippt an dein Schienbein, und du liegst ein Vierteljahr in Gips. Beste japanische Schule. Dojo der Meisterklasse. Hat sich von Lee getrennt, als der mit seiner Restaurantkette krachen ging.«

»Und seitdem kassiert sie bei dir?«

Er schüttelte bekümmert den Kopf mit der weißen Mütze, dem Zeichen seiner Zunft.

»Unsinn! Die geht doch nicht einstreichen. Hat Harvard hinter sich.«

»Sieht aber aus, als käme sie grade aus einer Damentoilette in Wanchai. Mit einer Perle im Haar. Und deswegen so stolz.«

Er nahm einen langen Zug Bier und versicherte mir dann: »Du gehst ihr auf den Leim. Genau diesen Eindruck will sie erwecken. Bis sie unvermutet zuschlägt.«

»An mein Schienbein?«

»Sie will was von dir! Keine Ahnung, was es ist. Klang aber nicht nach Drohung. Vielleicht ein Job. Hat gehört, dass wir befreundet sind. Und da ich sozusagen Klient des Alten bin, soll ich dir ausrichten, sie erwartet dich. Connaught Road. Neben dem Centre.«

»Heute noch?«

»Morgen. Zehn Uhr Vormittag. Wärst du nicht vorbeigekommen, hätte ich dir die Einladung auf deine Dschunke bringen müssen. Sie hat eine sehr überzeugende Art, eine Bitte vorzutragen.«

»Sie hat auch eine sehr überzeugende Art, mit dem Hintern zu wackeln. Ist dir aufgefallen, dass sie unter dem Mini aus Leinen nichts trägt?«

»Ich hab ihn nicht hochgehoben«, knurrte Charly. Er war nicht gerade ein katholischer Priester, aber was Mädchen anging, so genügte ihm meist eines, das sich zufällig in seiner Nähe befand. Zur Zeit war es eine der beiden Braterinnen, die er beschäftigte, ich wusste nur nicht, welche.

»Und wie, bitte, hast du das festgestellt?«, wollte er wissen.

»Keine VPL.«

»Keine was?«

Ich verbrachte zehn Minuten damit, ihm zu erklären,

dass VPL die in unchristlichen Männerkreisen amerikanischer Schule übliche Insider-Abkürzung für »visible panty line« ist, was so viel heißt wie »durch die Oberbekleidung erkennbare Slipumrisse«.

Charly schüttelte missbilligend den Kopf und kratzte sich in seinem Bürstenhaar. »Wäre mir nie aufgefallen.«

Er warf einen prüfenden Blick auf seine beiden Braterinnen, worauf er mir vorwarf: »Wenn sie weiße Kittel anhaben, funktioniert das aber nicht!«

Um Streit zu vermeiden, gab ich noch ein Bier aus. Ein spätabendlicher Besuch in diesem Areal an den Anlegestellen, wo es vom Kaninchenzauberer über den Vertreiber von Potenzpillen bis zur Kuntjü-Oper auf wackeliger Bühne buchstäblich alles gibt, was unterhält, Spaß macht oder sättigt, lohnt sich immer. Gegen die sterile Protzerei in der Halle des »Mandarin« etwa war dieser von zischenden Karbidlampen erhellte, von tausend Gerüchen verstänkerte und von Anpreisern mit wüstem Lärm erfüllte Rummelplatz so etwas wie eine Injektion mit dem Serum Wahrheit. Dies war noch ein Stück von dem Hongkong, das wir unwiederbringlich verlieren. Und zwar noch bevor auf Lantau der neue Flughafen gebaut ist. Solchen Gedanken hing ich nach, während Charly nachdenklich schwieg und nebenan ein Händler den Käufern erklärte, welche Wirkung ein bisschen *Tiger Balm* auf dem Glied habe, wenn die Dame von träger Beschleunigung sei. Etwas weiter weg pries eine alte Frau Garnelen an, dazwischen verkündete ein Vogelhändler, dass seine Nachtigallen besser singen könnten als Sunny Loh, der gegenwärtige Star der größten TV-Station, und vage war irgendwoher zu vernehmen, dass die Leute doch gottverdammt gefälligst beim Wahrsager Kwon ihre Zukunft erfragen sollten, für läppische fünf Dollar, bevor sie sich von der Fähre ins Meer stürzten, sich auf die Schienen im Schnellbahntunnel zwischen der Insel und Kowloon legten oder, was ebenso unbedacht wäre, eine Spielhalle in Macao besuchten, um reich zu werden: zur Unzeit, alles zur Unzeit, wie Kwon für fünf Dollar ermitteln könnte!

»Müder Abend heute«, brummte Charly schließlich. »Könnten ein paar mehr Touristen kommen …«

Ich fand das Durcheinander ausreichend, aber Charly schien einen geheimen Draht zu den Göttern zu haben, denn wenig später, als wir gerade überlegten, ob wir uns ein weiteres Bier einfüllen sollten, brach die amerikanische Hölle los, in Gestalt einer Omnibusladung fotografiersüchtiger Südstaatenprovinzler, die alle zugleich ihre echt amerikanischen Hamburger verlangten und wenn sie sie hatten, damit vor den Polaroidkameras posierten, bis der Ketchup ihnen über die Hawaiihemden lief.

Ich ergriff die Flucht, was im Sinne meines Freundes Charly war, denn jetzt trat er in Aktion. Noch hundert Meter entfernt hörte ich ihn krähen, dass es in ganz Hongkong nur einen Mann gäbe, der wüsste, wie die Amerikaner ihren Hamburger mögen, nämlich ganz anders als die alten Mongolen, die diesen Imbiss eigentlich erfunden hätten, damals, als sie noch auf ihren Ponys in Richtung Europa trabten und die tägliche Fleischration in Ermangelung eines Lagerfeuers einfach unter dem Sattel mürbe ritten …

Hongkong ist alles, was Sie wollen – eine Metropole, die zum blauen Himmel stinkt, eine Lasterhöhle gigantischen Ausmaßes, eine architektonische Wahnsinnstat, Verbrecherdorado, Paradies der Gourmets – bitte vergessen Sie nicht, es ist eine Stadt ohne Langeweile und eine liebenswerte Zusammenballung höchst gegensätzlicher, sich daher unwiderstehlich anziehender Erscheinungen. So jaulte auch eine stimmgewaltige Dame aus dem Kreis der Bewunderer von Charlys Darlegungen plötzlich auf: »Hilfe! Meine Handtasche ist weg!«

Es war das Letzte, was ich von den Lebensäußerungen in »Poor Man's Night Club« einigermaßen deutlich verstehen konnte.

2

Wenn mir einer hätte weismachen wollen, Nancy Lee wäre mit Karate auch nur mal in Berührung gekommen, ich hätte ihn – ohne die Warnung Charlys – für bestempelt gehalten. So aber war ich vorsichtig und sah nicht nur die damenhaft-elegante Fassade. Ich hatte mich mit meinem Toyota am Morgen bis in die Connought Road gequält, hatte am Centre einen sündhaft teuren Parkplatz erwischt und mich an einem gepflegten Herrn mit etwas pomadigem Haar, wie es jetzt in Mode war, vorbei in ihr Büro geschoben, das einem Bankettsaal ähnelte.

Was mich am meisten überraschte, es gab keinen Schreibtisch in dem riesigen Raum mit seinen schweren Teppichen. Nur geschickt verteilte Sitzgruppen mit konservativem Blumenmuster auf den Bezügen. Kein Leder, kein Chrom, selbst die Lampenschirme waren nicht modernistisch, nicht einmal popeliges Tiffany, sondern warmfarbig stoffbezogen.

Und da stand diese kleine, noch junge Frau. Wollte man sich aus ihrer äußeren Erscheinung ein Urteil über sie bilden, fiel einem das schwer. Kein Schema zu erkennen. In dem gemütlich-runden Gesicht zwei harmlos-neugierig blickende Augen. Eingerahmt war das Ganze von einer kurzen Ponyfrisur, wie sie die Sekretärin eines Parteibonzen im Mutterland nicht sittsamer hätte tragen können. Keine Ohrgehänge, nur ein schmales Goldkettchen, das über die dunkelblaue Seidenbluse fiel, mit einem herzförmigen Anhänger, dessen eingelegte Brillanten das einzige waren, was Reichtum andeutete. Das Ding kostete bei *Arthur's* in Kowloon garantiert seine 5000 Dollar, und selbst eine Imitation aus dem *Fashion Palace,* nicht weit von diesem Büro, würde noch gut 1000 wert sein.

Der schwarze Rock der kleinen Dame war leider nicht Mini, wie gestern Abend, er reichte wie bei einem Schulmädchen im kirchlichen Internat bis über die schwarzbestrumpften Knie. Pipi, meine Dauerfreundin, die im Hotel *Excelsior* an der Rezeption stand und Meisterleistungen vollbrachte, wenn es darum ging, Leute nach ihrem Erscheinungsbild zu beurteilen, hätte vermutlich konstatiert: teure Mama, Kopf zum Denken, Zähne wie ein Hai, Gemüt einer elektronischen Rechenmaschine, Körper wie ein Angelhaken, eiskalt auf der Matte.

Ich hatte wenig Lust, Letzteres zu erkunden. Nancy Lee hatte man nicht alle Tage zur Kundin. Meinetwegen konnte sie Oberschenkel aus verrostetem Baustahl haben – seit einiger Zeit war kein guter Auftrag in meine Detektei geflattert, wie ich das Bürozimmer werbewirksam nannte, das ich in Aberdeen, in der Cameron Street, mit dem Bewährungshelfer Wu teilte, aus Ersparnisgründen. So hatte der gute Wu, aus dessen Kopf die Idee nicht zu vertreiben war, Menschen ließen sich in Mustermenschen verwandeln, beispielsweise erreicht, dass die Heilsarmee unsere gemeinsame Stromrechnung bezahlte. Guter Mann, Wu, dachte ich, während ich zur Kenntnis nahm, dass Mrs. Lee keine Anstalten machte, sich von ihrer Couch zu erheben. Sie nickte mir zu und wies auf einen Sessel, in dem ich einsank wie in einem Sumpfloch. Aber aus dieser Perspektive hatte ich einen hervorragenden Blick auf die wohlgeformten Knie der Lady.

»Ich freue mich, dass Sie gekommen sind, Mister Lim Tok. Wollen Sie für mich arbeiten?«

Dass sie Zeit vertrödelte, bevor sie zur Sache kam, konnte man ihr nicht nachsagen. Ich nannte ihr meinen Tagespreis und den Spesensatz. Darauf antwortete sie mit einer Kopfbewegung in Richtung Vorzimmer und der Bemerkung, ich solle das nachher mit ihrem Sekretär besprechen, für derlei Dinge sei er da.

»Und«, fuhr ich fort, »ich müsste wissen, worum es sich handelt, Mrs. Lee, es gibt da gesetzliche Vorschriften, etwa bei einem Kapitalverbrechen …«

Sie unterbrach mich lächelnd: »Ich weiß, Mister Lim Tok. Die Polizei ist einzuschalten. Das ist mir alles geläufig. Ich habe nicht vor, Sie in einer ungesetzlichen Sache zu beschäftigen. Es geht allerdings um Mord.«

Sie erinnerte sich und schob mir eine auf einem Beistelltisch liegend Packung »Panda« hin. Nahm sich selbst eine. Brannte sie an meinem Feuerzeug an. Erkundigte sich, ob es Whisky oder Gin sein sollte. Ich gestand ihr, dass ich am liebsten Limonade trank. Gelbe. In Hongkonger Hinterhöfen zur edlen Reife gebracht. Sie quittierte es mit einer unnachahmlichen Bewegung ihrer schmalen Schultern.

»Kein Grund, sich zu schämen, ich trinke auch am liebsten Eiswasser mit Carambola-Sirup.« Genau das bestellte sie bei dem Pomade-Sekretär, der auf einen Knopfdruck in der Tür erschien.

Ich nahm die Chance wahr zu bemerken: »Bei einem Mord, Mrs. Lee, ist die Polizei zuständig, so leid es mir tut.«

Sie wischte das weg. »Sie brauchen sich keine Gedanken zu machen, Mister Lim Tok, die Polizei ist in dieser Sache bereits offiziell tätig. Ohne Ergebnis. Ich habe mir deshalb die Erlaubnis geben lassen, auf eigene Rechnung noch einen Privatermittler zu bemühen. Lediglich wenn entscheidende Fakten dabei ans Licht kommen, ist die Polizei zu informieren.

»Ich kenne das.« Ich war ja selbst bei der Polizei gewesen, bis diese dumme Sache mit dem Stellvertreter des Gouverneurs passierte. Ich hatte ihn im Freudenhaus in der Unterhose erwischt. Und jetzt dämmerte in mir eine vage Ahnung, wie Mrs. Lee ausgerechnet auf mich gekommen war, von einigen hundert Privatermittlern in der Kolonie.

»Mit wem haben Sie das bei der Polizei ausgehandelt?«

Sie wartete ab, bis der Pomadenkopf die Limonade serviert hatte, ehe sie ihn anwies: »Mister Lim Tok wird Ihnen nachher seine Honorarforderung nennen. Regeln Sie das.«

Er deutete eine Verbeugung an. Ich machte mir Gedanken, ob sie ihm vielleicht mal ans Schienbein getippt hatte, mit dem Karatefinger.

In diese Überlegungen hinein sagte sie, als der Sekretär verschwunden war: »Ich habe mit Inspektor Robert Hsiang gesprochen. Ihm obliegt die Aufklärung.«

Bobby Hsiang. Ich hatte richtig vermutet. Wenn man lange genug Streife miteinander gelatscht ist, auf dem glatten Pflaster der Hongkonger Gassen, vergisst man den Partner nicht so schnell.

»Nun gut, ich höre.«

Sie sah mich einen Augenblick nachdenklich an, blickte auf ihre winzige goldene Armbanduhr und entschied: »Es ist besser, Sie sehen zuerst. Sprechen Sie inzwischen mit meinem Sekretär, ich komme sofort nach …«

Damit erhob sie sich und verschwand in einem kleinen Raum, zu dem eine Zwischentür führte. Ich konnte Spiegel und Waschbecken erkennen. Also trank ich meine Limonade aus, und dann teilte ich dem Sekretär meine Preise mit. Er wollte nur wissen, ob ich einen Scheck bevorzugte oder eine Banküberweisung. Ich schlug ihm eine Woche Vorauszahlung per Scheck vor. Er schrieb das Papier aus, ohne eine Miene zu verziehen.

Nancy Lee hatte etwas »Jealousy« aufgesprüht, wie ich roch, als ich neben ihr in ihrem Daimler saß und wir südwärts rollten, stotternd, von Stau zu Stau, aber immerhin langten wir nach einer Viertelstunde an der etwas im Grünen gelegenen Leichenhalle des gerichtsmedizinischen Instituts an. Ich ahnte Böses, und als ob sie Gedanken lesen könnte, erkundigte die Dame sich harmlos: »Tote können Sie doch sehen, oder haben Sie da Magenprobleme?«

Ich schüttelte nur den Kopf. Über die Zahl der Toten, die ich schon gesehen hatte, verbreite ich mich nicht so gern. Gefrühstückt hatte ich ziemlich leicht, zum Glück.

Das, was die Leute vom Fach »Kalte Küche« nennen, war mir auch nicht so fremd, wie Mrs. Lee vielleicht annahm. Ich kannte sogar den Kalfaktor der Einrichtung, einen ältlichen, bebrillten Chinesen, der, wie es hieß, einmal Medizin studiert hatte. Er begrüßte zuerst Mrs. Lee und dann mich, wobei er mir zublinzelte. Klarer Fall, er zeigte einer Privatperson in Begleitung eine Leiche, und das war ihm eigentlich nicht erlaubt. Mrs. Lee hatte offenbar genug Einfluss, um ihn zur Überschreitung seiner Kompetenzen zu verleiten. Oder genug Geld, denn in Hongkong bedarf es einer Sonde, um den letzten nicht korrumpierbaren Beamten aufzuspüren.

Zuerst zog er das Laken vom Gesicht. Nichts, was mir besonders auffiel.

Eine junge Chinesin mit angenehmen Zügen, üppigem Haar und, wie es sich nach einem weiteren Zug am Laken erwies, einem nicht minder üppigen Brustumfang.

Ich machte: »Hm …« Deutete damit an, dass ich genug gesehen hatte und das Mädchen nicht kannte. Aber das nahm der Leichenwärter offenbar als Signal, mir auch noch den Rest zu enthüllen: eine splitternackte Leiche, gut gebaut, nicht verstümmelt, wenn man von einer kleinen, genau unter die linke Brust gesetzten Stichwunde absah. Tod durch Stich ins Herz. Soweit gab es nichts, was mich sonderlich befremdete. Wäre da nicht die Lotosknospe gewesen.

Auf dem linken Oberschenkel befand sie sich. Unübersehbar für jeden Mann, der sich zu Lebzeiten der Dame etwa in ernster Absicht genähert hätte. Ich befeuchtete einen Finger und wollte die Beschaffenheit der Knospe prüfen, aber Mrs. Lee hielt mich zurück.

»Es ist eine Tätowierung.«

»Ach«, sagte ich. Mehr fiel mir nicht ein. Und fügte

dann noch wahrheitsgemäß hinzu: »Nie gesehen, weder die Dame noch diese Tätowierung.«

»Prägen Sie sich ihr Gesicht ein«, ordnete Mrs. Lee an.

Das fiel mir angesichts der interessanteren Körperpartien, die der Kalfaktor entblößt hatte, schwer, aber ich schaffte es. Und ich bekam sogar noch mit, dass auf dem obligaten Zettel, der an den linken großen Zeh gebunden war, ein Fragezeichen stand. Kein Name. Aber der Kalfaktor erriet wohl meinen heimlichen Wunsch und drückte mir verstohlen ein Porträt der Toten in die Hand. Ich honorierte es mit einem grünen Schein.

»Goldlotos«, murmelt ich vor mich hin, als ich wieder im Daimler neben Mrs. Lee saß, in einer Wolke »Jealousy«. Mir war die alte, sogar schon als Peking-Oper verhamburgerte Geschichte von der berühmten Kurtisane eingefallen, die um die Jahrhundertwende den deutschen Anführer der Strafexpedition gegen die aufständischen Boxer-Rebellen weichgespült hatte.

Mrs. Lee schien nichts gehört zu haben, denn sie wandte sich mir zu, ohne den Anlasser zu betätigen, und begann: »Sie haben ein Foto. Und als Hintergrund den Hinweis, dass dieses Mädchen vermutlich eine Mörderin ist. Genug zum Suchen. Am letzten Wochenende begleitete sie Mister Jack Chia in das Spielcasino des Hotels *Lisboa* in Macao. Mr. Chia gewann beim Bakkarat eine Summe in Patacas, die er vor Verlassen des Casinos gegen 123 000 Hongkong-Dollar eintauschte. Er begab sich mit dem jetzt toten Mädchen in seine Hotelsuite, wo er allem Anschein nach wenig später starb. Jedenfalls vermutet die Polizei in Macao einen Zeitpunkt kurz nach

Mitternacht. Man fand ihn früh. Das Mädchen, das von Casinoangestellten einwandfrei als seine Begleiterin identifiziert wurde und das auch in der Suite bei ihm war, wo die beiden noch eine späte Mahlzeit zu sich nahmen, wurde bei Sonnenaufgang an der Uferpromenade auf einer Bank gefunden. Oder unter der Bank, das weiß ich nicht so genau. Jedenfalls war sie tot. Das gewonnene Geld ist verschwunden. Wurde weder bei Mr. Chia gefunden noch bei ihr. Es liegt nahe, dass sie es gestohlen hatte. Mr. Chia starb, wie die Polizei feststellte, an Gift. Alle näheren Einzelheiten erfahren Sie übrigens an Ort und Stelle. Begeben Sie sich unverzüglich an die Arbeit. Ihren Scheck haben Sie?«

Als sie Luft holte, sagte ich: »Langsam, Mrs. Lee. Wenn Sie solide Arbeit erwarten, habe ich ein paar Fragen.«

»Bitte.« Es klang, wie wenn ein Magazin in eine Maschinenpistole eingeschoben wird.

»Wer war Mister Jack Chia?«

»Ein persönlicher Freund meiner Familie. Er bedeutete uns viel.«

»Hatte er auch einen Beruf?«

Sie überhörte meine Ironie. »Er war der Chef der Handelsvereinigung der Textilfabrikanten Hongkongs. Privat gehörte ihm die Hemdenfabrik ›Schwann‹.«

»Verheiratet?«

»Ja.«

»Zoff?«

»Wie bitte?«

»Ob er ein ruhiges Zuhause hatte und seine Frau nur hin und wieder mal bei einer Lotosknospe betrog oder ob er Ming-Vasen an den Schädel kriegte, sobald er in der Haustür erschien!«

Sie entschloss sich zu der diplomatischen Antwort: »Mrs. Chia ist eine tolerante Frau, in der ehrwürdigen Familientradition. Der erwachsene Sohn der Chias lebt als Bankier in den Vereinigten Staaten. Seit zehn Jahren. Die Beziehungen untereinander sind über jeden Zweifel erhaben.«

»Das macht mich überglücklich. Werden durch den Tod von Mister Chia Geschäfte zwischen ihm und Ihnen beeinträchtigt?«

»Nein. Aber es ist möglich, dass das auf seine Geschäfte mit anderen Partnern zutrifft.«

»Nun gut, das werde ich zu untersuchen haben. Zuletzt die Routinefrage, ob Sie sich einen Feind Mister Chias vorstellen können, der ihm ans Leben wollte.«

Sie schüttelte den Ponykopf. »Ich kenne keine Feinde von Jack Chia.«

Die Familie erwähnte sie nicht mehr. Das brachte mich auf die Idee, sie noch einmal zu kitzeln: »Um auf Mrs. Chia zurückzukommen – kennen Sie die Geschichte, wie die Schwägerin dem Schwager sagt, dass sie ihm Gift in den Tee schütten würde, wenn sie seine Frau sein müsste, und wie er ihr eingesteht, wenn er sie zur Frau hätte, würde er den Tee sogar trinken?«

Sie verzog keine Miene, als sie mich rügte: »Sie haben eine etwas unbefangene Art, mit persönlichen Tragödien umzugehen, Mister Lim Tok, ich hörte bereits davon. Ich möchte Sie bitten, etwas zurückhaltender mit Ihrem köstlichen Humor zu sein, falls Sie jemals mit Mrs. Chia sprechen. Sie könnte das missverstehen.«

Ich hob zwei Finger, wie bei Gericht, wenn man schwört.

»Noch Fragen?«

»Nur eine. In der bekannten und unbefangenen Art, für die ich in Hongkong berühmt bin: Woher kommt das fürsorgliche Interesse Ihrer Familie am Schicksal von Mister Chia?«

Sie betätigte den Starter und rückte den Fahrthebel ein.

Während sie anfuhr, sagte sie: »Ich vergaß, Sie darauf aufmerksam zu machen, dass meine ältere Schwester mit dem Sohn von Mister Chia verheiratet ist. Dem Bankier. Beide werden zur Beisetzung kommen. Wo kann ich Sie absetzen?«

Ich sagte ihr, wo mein Toyota stand, und zum Abschied gab sie mir noch die Nummer ihres Mobiltelefons, unter der sie rund um die Uhr zu erreichen war, zuletzt das Datum der Beisetzung Mr. Chias. Eiskalt, effizient, unnahbar, die Frau, von der man träumen kann, wenn man zu schwer gegessen hat.

3

Bobby Hsiang, seines Zeichens Inspektor im Morddezernat der hiesigen Polizei, mein alter Freund und Gefährte bei gemeinsamen Streifengängen, kam pünktlich, wie man das von ihm gewohnt war, besonders, wenn ihm ein Gratis-Essen ins Haus stand. Er war mager geworden in den letzten Monaten, aber das lag wohl eher an der Kantinenkost als an einer Krankheit. Den immer etwas mürrisch wirkenden, zu beißendem Sarkasmus neigenden, schlauen Burschen konnte man sich krank einfach nicht vorstellen. Ich hatte ihn ins *Hibiskus* eingeladen, das Restaurant meiner Mutter in Wanchai. Musste mich ohnehin wieder einmal da sehen lassen – Mütter fühlen sich immer von den Söhnen vernachlässigt. Besonders, wenn die auf den Dschunken wohnen und es mit Mädchen wie Pipi treiben, ohne sie zu heiraten.

»Es gibt Garnelen in Reiswein, scharfen Weißkohl, süßsauer panierten Karpfen, Nankinger Löwenköpfe, Bohnenquarksuppe und zum Abschluss kandierte Äpfel. Trinkst du ein Bier?«

Er erkundigte sich trocken: »Hat deine Mutter in der Lotterie gewonnen? Oder willst du mich ernstlich bestechen?«

»Letzteres, Partner«, informierte ich ihn.

Wir zogen uns in eine Nische zurück, während draußen eine Horde europäischer Touristen einfiel.

Meine Mutter ließ es sich nicht nehmen, uns als Ehrengäste selbst zu bedienen.

Als sie uns das Bier hinstellte, murmelte sie verdutzt: »Kann man sich das vorstellen: Die Kerle wollen um die Mittagszeit schon zu den Mädchen!«

»Europäer«, bemerkte Bobby. »Ein kulturloser Menschenschlag. Sehen wie Franzosen aus.«

Meine Mutter belehrte ihn: »Italiener. Die katholische Elite der alten Welt. Ob die dort drüben nur solche vertrockneten Schachteln herumlaufen haben wie die da an ihrem Tisch? Kein junges Mädchen dabei!«

Ich zog es vor, mich in die Unterhaltung nicht einzumischen. Meine Mutter war in Wanchai zu Hause, aber zuweilen bekam sie einen moralischen Anfall, gemischt mit chinesischem Zynismus, und dann terrorisierte sie mit dieser Mixtur Leute. Ich hatte da meine Erfahrungen. Auch Bobby schwieg und grinste nur noch. Riss dann die Augen auf, als die Schüssel mit den Garnelen gebracht wurde. Unser Koch hatte einen neuen Trick drauf, er beizte die Ingwerstückchen, mit denen die halbierten Garnelen bestreut waren, in blauer Speisefarbe. Das gab einen völlig ungewohnten Effekt, denn Blau kam in der chinesischen Küche so gut wie nicht vor. Bisher jedenfalls.

»Ist das Parker-Tinte?«, erkundigte sich Bobby denn auch, als meine Mutter es nicht mehr hören konnte, und ich rieb ihm hinter die Ohren, er sei eben lange nicht in einem First-class-Restaurant gewesen. Das nahm er mit gemessener Ruhe zur Kenntnis, und dann wollte er wissen: »Was hast du auf dem Herzen, Privatschnüffler?«

Der scharfe Kohl wurde serviert, und ich langte zu. Die

Engländer haben für solche kleinen Appetitmacher den Ausdruck »Dim Sum« aus unserer Sprache entlehnt. Ich dimsumte eine Weile, bevor ich zwischen einer Garnele und einem Stück Lauch herausquetschte: »Jack Chia.«

Mein Freund räumte die letzten Krabben ab, legte die Stäbchen für den nächsten Gang bereit, wischte sich mit dem heißen Lappen über den Mund und begann in der Pause, die Luft mit dem Qualm einer »Bastos« zu verpesten. Wobei Sie nicht glauben dürfen, dass ich einer von diesen Anti-Tabak-Terroristen bin, nein, ich liebe den Duft von Virginia, nur der von dem Kraut, aus dem Bobbys Zigaretten gemacht sind, taugt bestenfalls als Mottenkiller.

»Fünfundfünfzig. Um die dreißig Millionen schwer. Tycoon mit blendenden Verbindungen. Kontrollierte den Textilexport. Trip mit Mädchen nach Macao. Gift. Tot.«

»Langsam«, wandte ich ein. »Hast du die Leiche gesehen?«

Er hatte. »Auch den Autopsiebericht. Fischgift, einwandfrei. Keine Anhaltspunkte für andere Schädigungen.«

»Und das Mädchen?«

Da war wieder das Grinsen. »Bemerkenswerte Figur. Wir haben sogar einen Abstrich machen lassen. Mister Chia hat die süße Perle mit seinem Zauberstab berührt, wenn du verstehst, was ich meine.«

»Ich weiß seit Langem, dass du eine schmutzige Polizistenfantasie hast. Was fiel dir denn bei ihrem linken Oberschenkel ein?«

»Dass wir das Zeichen nicht registriert haben«, erwiderte er prompt. »Hat dich Lao Dang beauftragt?«

Ich zog es vor, das zu überhören. Aber sogleich staunte ich wieder einmal, wie so oft schon, über den todsicheren Instinkt meines Freundes Bobbys, als er fortfuhr: »Brauchst es nicht zuzugeben. Ich weiß auch so, dass die Familie stark interessiert ist, die Sache aufklären zu lassen. Bloß bei uns läuft da wenig. Fälle, die von Macao überstellt werden, rangieren ganz hinten, noch dazu, wenn nichts weiter dran ist.«

Der Karpfen wurde aufgetragen, und der süßsaure Duft stieg mir in die Nase. An einem Karpfen kann man mit zwei Stäbchen so schön lange herumzupfen, immer winzige Portionen zum Mund führen, man genießt das Essen, schlingt es nicht herunter wie einen Hamburger bei Charly. Ich ließ mir Zeit.

Mit dem Geschmack der Gewürze auf der Zunge gab ich Bobby schließlich Auskunft: »Ich werde nach Macao fahren. Habe Freunde dort.«

»Hm«, machte er nachdenklich. »Das kann was bringen. Oder auch nicht. Wir finden ein paar Fakten eigenartig an diesem Fischgiftunfall. Dieser Karpfen hier ist übrigens ausgezeichnet …«

Bobby war in der Vergangenheit stets bereit gewesen, mir zu helfen, also versuchte ich auch jetzt wieder, von ihm zu erfahren, was die Polizei wusste. Und er antwortete mir, weil er sicher sein konnte, dass er keinen Ärger bekam. Trotzdem warnte er mich todernst: »Was ich dir jetzt mitteile, spreche ich im Schlaf, in einem dunklen Zimmer, in dem es außer mir nicht mal einen Gecko an der Wand gibt, klar?«

»Klar.« Ich winkte zur Theke nach mehr Bier.

»Also, Chia ist der dritte einflussreiche Tycoon, der innerhalb der letzten Monate getötet wurde. Der erste war Tsen Haw, Präsident der Vereinigung Hongkonger Versicherungskassen. Der zweite Chung Pengtou, Vorsitzender des Aufsichtsrates Hongkonger Hafenbetriebe.«

Ich fiel ihm ins Wort: »Und warum erfährt das die Öffentlichkeit nicht?«

Ungerührt setzte Bobby seine Rede fort: »Weil jedes Mal ein Mädchen darin verwickelt war, und einflussreiche Familien haben nun mal die Mittel, der Presse anzudeuten, sie hätten es gern ganz klein.«

»Also dreimal Mord?«

Das wollte er nicht bestätigen. Er fragte vielmehr: »Warst du nicht mal Koch?«

»Du solltest dich an die Sandwiches erinnern, die ich in der Polizeikantine zusammengestellt habe!«

»Kennst du Fugu Sashimi?«

»Kennen, ja. Aber ich habe keine Lizenz gehabt, das zu machen.«

Bobby beobachtete, wie der Küchenchef, begleitet von meiner Mutter, zu uns an den Tisch trat und die Platte mit den drei Schnäpsen brachte, die das Haus uns spendierte. Mao Tai, ein himmlisches Gesöff. Wir spendeten dem Küchenchef Lob für den Karpfen, wie das üblich war. Bobby übertraf sich selber, er sagte, der Fisch sei so gut geraten wie ein Gedicht von Li Po. Meine Mutter strahlte. Sah zu, wie wir die Schnäpse kippten, und ging dann zufrieden mit dem Küchenchef wieder zur Theke zurück.

»Mister Chia starb an Fugu-Gift«, sagte Bobby.

Ich überlegte, was das zu bedeuten hatte. Fugu. Der Kugelfisch mit der giftigen Galle, die ein Gericht tödlich macht, wenn man das Ausnehmen nicht versteht. Japanische Spezialität. Nicht einmal jeder zehnte Koch hat eine Fugu-Lizenz. Im Augenblick fiel mir nicht ein, wer sie in Macao haben konnte, und in welchen Hotels. Bobby stocherte seinen Reis durch. Legte dem Karpfen ein Stück grünes Gemüse auf sein erloschenes Auge, eine uralte Sitte, die von den meisten meiner Landsleute bereits vergessen ist.

»In Macao haben sie festgestellt, Mister Chia hat Fugu gegessen, und er ist an Fugu gestorben. Mehr haben sie uns nicht mitgeteilt. Deuteten nur noch an, dem Koch sei kein Fehler nachzuweisen. Selbst ermitteln durften wir dort nicht. Du kennst die Portugiesen, oder?«

Ich kannte sie. Und die Sache kam mir in der Tat portugiesisch vor.

»Im *Lisboa* war das alles passiert?«

»Im *Lisboa,* ja.«

Den Chefkoch kannte ich aus der Zeit, in der ich selbst dort gearbeitet hatte. Sung Loh. Der hatte eine Lizenz für Fugu. Die Sache wurde rätselhaft.

»Hat denn das Mädchen nicht auch von dem Fisch gegessen?«, erkundigte ich mich. »Ich denke, die beiden haben sich die Spätmahlzeit aufs Zimmer kommen lassen!«

»Haben sie«, bestätigte Bobby. »Und da kommen wir zu dem Stein, über den du wahrscheinlich auch stolperst. Wie ist das möglich: Man isst zu zweit eine Mahlzeit mit vergiftetem Fisch, und anschließend geht einer daran kaputt, während der andere ans Ufer spaziert, um sich dort erstechen zu lassen? Höhere Artistik, wenn du mich fragst.«

Ich musste ihm zustimmen, die Sache war so leicht nicht zu erklären. Selbst ein leidlich hübsches Mädchen mit einer Lotosknospe, dem Symbol von Reinheit, kann nicht Fugu, vergifteten, essen und dann spazieren gehen. Jedenfalls wäre es das erste Mal, dass eine Tätowierung so was bewirkt.

Mir fiel ein: »Man hat sie aber nicht aufgesäbelt in der Leichenhalle, wie?«

Bobby entgegnete seelenruhig: »Man hat. Nachdem du sie gesehen hast. Kein Gift.

Fugu Sashimi in seiner reinsten und bekömmlichsten Form, aber nichts, was tödlich an ihm sein könnte. Ganz anders als bei ihrem Herrn Verehrer. Todesursache bei dem Mädchen war einwandfrei der Messerstich.«

Ich stand vor einer geschlossenen Tür. »Fugu für zwei, und nur einer vergiftet sich, das geht über meinen Verstand.«

»Die in Macao haben es auch aufgegeben.«

»Und du?«

Bobby sah mich mit dem entwaffnendsten Blick an, den er im Repertoire hatte.

»Junge, weißt du, wie viele Mordfälle wir gegenwärtig auf Eis liegen haben?! Da ist eine Fugu-Vergiftung ziemlich uninteressant. Bleibt liegen. Bis sie abgelegt wird, endgültig. Zumal die in Macao nichts mehr zu der Sache zu sagen haben.«

»Aber es ist ein einflussreicher Bürger gestorben!«, erinnerte ich ihn.

Er nahm das ungerührt hin. Meinte: »Wir haben im Durchschnitt dreimal im Jahr was mit Fugu. Das bringt unser Dezernat nicht mehr in Fahrt. Muss ich dir buchstabieren, dass wir von oben nicht gerade gedrängt werden, noch was zu tun?«

Wegen des ehrbaren Tycoons, der mit der kleinen Lotosknospe verbotene Spiele getrieben hatte – natürlich, das war mir klar. Aber bei ähnlichen Vorkommnissen waren die Behörden nicht so großzügig. Ich machte Bobby aufmerksam, dass die Familie offenbar nicht hinter der Bremsung stand, sonst hätte die Dame Lee nicht mich engagiert.

»Gut für dich«, meinte Bobby. »Kannst einspringen und was verdienen. Lass dich einen Monat bezahlen!«

Ich erkundigte mich noch einmal nach den beiden anderen Todesfällen.

Bobby eröffnete mir gönnerhaft: »Das, was ich dir mitteile, ist gut und gern ein weiteres Dinner wert. Denk daran! Also, Tsen Haw, der Versicherungskassenmann, speiste vor zwei Monaten im Traditionskneipchen *Hongkong*, drüben in der Hennessy-Road, mit einer Dame. Séparée. Dame ging aufs Kabinett. Kam nicht wieder. Tsen Haw tot. Fugu-Speisereste bei der Untersuchung sauber. Gut, was? Zweiter Fall, Chung Peng-tou, der Hafenonkel. Dinner zu zweit im Mietbungalow in Repulse Bay Beach. Agenturkoch. Chung Peng-tou tot auf dem Sofa. Dame verschwunden. Koch Nervenzusammenbruch, denn Chung Pengtou starb an Fugu-Gift, aber der Koch hatte nichts falsch gemacht. Speisereste sauber. Sagte deine Mutter vorhin nicht was von Nankinger Löwenköpfen?«

Ich sah zu, dass ich noch etwas von dem Karpfen erwischte. Bisher hatte ich im Wesentlichen zugehört, ohne zu essen. Also klaubte ich die durchgehende Gräte beiseite und pickte mir von dem unteren Stück eine Portion heraus, die kaum zwischen die Stäbchen passte. Bobby nahm es gelassen.

Bevor die Löwenköpfe gebracht wurden, hatten wir noch Zeit, Bier zu trinken. Ich dachte darüber nach, was mir Bobby soeben angedeutet hatte: Es gab drei Fälle von sehr ähnlicher Art. Drei millionenschwere Tycoons, dreimal Gift, dreimal ein Mädchen. Das konnte man nicht übersehen, es sei denn, man redete sich, wie die Hongkonger Polizei es meist in günstig liegenden Fällen tut, auf Unglücksfälle heraus, oder man schob das Argument der Personalknappheit als letzte Masche vor.

»Geld hat nie eine Rolle gespielt?«

Bobby schüttelte den Kopf, wobei er aufpassen musste, dass ihm nicht Fischbrocken aus dem Mund rutschten. »Keine Erpressung gelaufen, soviel wir wissen. Keine Kontobewegungen dieser Art. Was da in Macao gefehlt hat, war Taschengeld für den Clown.«

»Sind die drei Herren mit einem unserer Syndikate in Verbindung zu bringen?«

Eine Frage, die sich nicht gehörte. Über die Syndikate redet man nicht. Aber Bobby vertrug so was, für ihn war ich kein Außenstehender. Er ließ sich Zeit. Stopfte sich den Mund voll Reis und Gemüse, schob ein bisschen scharfe Lappen nach, griff sich das Bierglas und spülte schließlich alles hinunter. Dann stellte er mir die Gegenfrage: »Kennst du einen Hongkonger Tycoon, der nicht so oder so ein Syndikat im Rücken hat? Wenn du allerdings einen Triadenkrieg meinst, dafür gibt's keine Anzeichen. Alles friedlich an der steuerfreien Front.«

»Und du weißt auch nicht, welcher Tätowierer Lotosknospen links neben den Familientempel einsticht, bei jungen Damen?«

Die Löwenköpfe wurden aufgetragen. Meine Mutter begleitete den Kellner und strahlte erneut über das ganze Gesicht, zumal Bobby ihr versicherte: »Seit meiner Kindheit habe ich sie nicht mehr so delikat gesehen ...« Prompt gab meine Mutter dem Kellner den Auftrag, uns beiden noch Schälchen mit Mao Tai zu bringen. Bobby konnte mir gerade noch zuflüstern, er habe keine Ahnung von so einem unanständigen Tätowierer, dann wurden die Porzellanschälchen mit dem flüssigen Gift gebracht, von dem es hieß, die Russen kauften es China in großen Mengen ab, machten daraus Raketentreibstoff. Außerdem fand ich die Löwenköpfe auch interessanter als eine Menge theoretischer Überlegungen, die man jetzt anstellen konnte. Ich schob, wie Bobby es längst tat, Tycoons, Tätowierer, Fugu-Köche und erstochene Ladys beiseite und konzentrierte mich auf das, was auf dem Tisch stand und was noch dazukam, ehe wir die kandierten Äpfel genossen und Bobby mir plötzlich, in einer Anwandlung von Dankbarkeit, die aus tiefstem Magen kam, ganz ernst versicherte, er werde mich bei dem Auftrag unterstützen, so gut es ihm möglich sei. Sie hätten eben zu wenig Personal für solche Scherze, und außerdem – er verschluckte sich beinahe dabei – habe er den Eindruck, es werde in dieser Sache ganz gern gesehen, wenn die Polizei sich blind stellte. Ob es sich um politische Skandale handeln könnte, darüber wollte Bobby sich nicht äußern, er hielt, wie ich wusste, Politiker ohnehin für nichts anderes als Gangster mit staatlicher Lizenz. Aber dass Schmiergeld im Spiel sein könnte, schloss er nicht aus.

Wir delektierten uns an den in heißem Honig servierten Apfelschnitzeln, die – in Eiswasser getaucht – sofort eine knusprige Kruste bekamen und als eine der Delikatessen des *Hibiskus* galten. Bis Bobby dann, sichtlich gesättigt, eine Pause einlegte, die er mit dem Qualm einer »Bastos« füllte. Und mit guten Wünschen an mich, was die drei Vergifteten betraf.

4

Macao stand schon lange auf meiner Besuchsliste, ich war seit Monaten nicht mehr in dieser portugiesischen Enklave südlich von uns gewesen, wo ich immerhin längere Zeit gearbeitet hatte, als junger Mann. Damals, nach der Lehre im *Hibiskus,* war ich dem Rat meiner Mutter gefolgt und hatte mich im ehrsamen Kunsthandwerk eines Hotelkochs weitergebildet. Anfangs war meine Fantasie dabei voll auf ihre Kosten gekommen, ich war bald jemand gewesen, den man an die Pfanne ließ, wenn der Gouverneur mit Gästen das Haus beehrte. Bis ich dann alle Gerüche, die in einer Hotelküche wabern, kannte, alle Geschmacksvarianten von Kung-Pao-Schwein und alle Tricks mit den hauchdünnen Oblaten, in die man im Süden die Frühlingsröllchen packt, damit sie sich von den pappigen Eierkuchenhüllen unterscheiden, die man im barbarischen Norden dafür verwendet. Zu schweigen von Europa. Mit was sie da die Frühlingsröllchen machen, das gebe ich lieber nicht wieder!

Ich brauchte einen Wechsel. Suchte ihn mir bei der Polizei. Und dann brauchte ich wieder einen, unfreiwillig, denn ich wäre ganz gern bei der Truppe geblieben. Aber ich hatte da den nackten Regierungsmann bei der Razzia in einem Haus der Wonne aufgescheucht. Das brachte mich auf die Dschunke in Aberdeen. Und in den Job als Privatvermittler.

Ich stand an der Reling des Tragflächenbootes und hörte, wie der Motor zu rumpeln begann, wie er auf Touren stieg, merkte, wie die Leinen losgemacht wurden, wie das Motorengeräusch in ein gleichmäßiges Brummen überging und wie sich das Fahrzeug ins freie Wasser hinausschob. Es nahm Fahrt auf. Dann wurden die Stelzen ausgefahren, und gleich flitzte das Boot mit einem zischenden Geräusch davon, wie von Flügeln getragen.

Eine Stunde bis Macao. Ich ließ mich hinter der Glasverkleidung in einem der Sitze nieder und lehnte mich bequem zurück. Erinnerte mich an das, was manche Leute die portugiesische Beule am Unterleib Chinas nannten.

Diese Beule war die älteste europäische Kolonie in Asien gewesen, eine winzige Landzunge am Rande des Mutterlandes, über der seit vierhundert Jahren Portugals Flagge wehte. Festungsbauten, Kathedralen, Handelshäuser, Spielhöllen, elende Armenviertel, lärmende Märkte und weiße Villen, in denen die Reichen lebten und auf das Klima schimpften, das den Putz bröckeln ließ und den Schweiß rinnen. Wein wurde hier getrunken, roter, portugiesischer, und Geschäfte wurden gemacht. Mit Gewürzen und Gold, Heroin und Plastikspielzeug.

Immer hatten diese Geschäfte etwas mit China zu tun. In der Vergangenheit wie heute diente die Kolonie dem Handel Chinas mit Japan, mit Europa, Amerika. Und meist waren die Händler, die aus den Geschäften den Rahm abschöpften, in der Vergangenheit Jesuiten gewesen, denn dieser Orden war gerade in Macao besonders eifrig tätig geworden, hatte sich von da aus auf ganz

China ausgedehnt. Sogar in den Regierungsgeschäften der chinesischen Kaiser, an deren Höfen und in den der Wissenschaft dienenden Einrichtungen spielten sie eine große Rolle. Sie konstruierten die ersten Kanonen aus Bronze. Denn es waren diese Gottesmänner, die den Chinesen beibrachten, dass man das Schießpulver, das lediglich für Feuerwerkskracher erfunden worden war, sehr schön zum Töten von Leuten verwenden konnte.

Nach dreihundert Jahren Blüte begann die Bedeutung Macaos zurückzugehen, weil es plötzlich an der Perlflussmündung Hongkong gab, als britischen Handelsplatz. Und Hongkong schaffte es in nicht ganz hundert Jahren, der portugiesischen Enklave mit all ihren ausgekochten Kaufherren, mit dem Einfluss der Kirche und den Verbindungen zum Mutterland den Rang abzulaufen. Die Leute streiten sich, ob das nun der größeren Klugheit der Engländer zuzuschreiben ist, ihrem Geschick, mit Einheimischen besser umzugehen, oder ob die Portugiesen von Macao einfach auf der Höhe ihres Erfolges, als ihnen der neue Konkurrent erwuchs, bequem wurden. Sie verloren ihre Handelsprivilegien mit Japan und den Philippinen. Vielleicht wurden sie mit der abnehmenden Weltgeltung ihres Heimatlandes selbst wieder zu Provinzkrämern, die in die einlullende tropische Lethargie versanken, in der es sich so angenehm faulenzt. Fragen Sie mich nicht nach meinem eigenen Urteil: Ich liebe die im Vergleich zu Hongkong geradezu betuliche Trägheit Macaos. Ich liebe seine selbstverständliche Gastfreundlichkeit, auch die Überschaubarkeit des Territoriums, die einem schon deutlich wird, wenn man im Hafen ankommt und erstaunt feststellt, dass man mit Leichtigkeit alle Schiffe wahrnehmen kann, die hier gerade ankern.

Ebenso liebe ich die jahrhundertealten Bäume an der Uferstraße, der Praia Grande, die sanften Hügel mit ihrem Grün, die kopfsteingepflasterten Gassen, auf denen die Räder einer Rikscha rasseln wie ein Dutzend Tamburins. Mir gefällt das Gewirr der alten Festungsanlagen ebenso wie die einsam aufragende Fassade der St.-Pauls-Kirche, die vor ewigen Zeiten bei einem Taifun abbrannte. Ich habe als ganz junger Mann andächtig ein Bündel Räucherstäbchen im A-Ma-Tempel angebrannt, weil mich dieser Ort auf ganz seltsame Weise faszinierte. Sie werden nicht wissen, dass A Ma identisch ist mit Tin Hao, der Schutzpatronin der Seefahrer und Fischer, die wir in Hongkong am dreiundzwanzigsten Tag des dritten Mondes, gerechnet nach dem alten chinesischen Mondkalender, feiern, in den vielen Tin-Hao-Tempeln, die wir in Hongkong haben, aber am ausgiebigsten in dem an der Joss House Bay, wo die Fischer der Göttin ihre festlich geschmückten Boote vorführen, zu einer wahren Orgie von Trommeln, Gongs und Rasseln.

Der Name der Kolonie Macao, wo man die gütige Frau auch manchmal Ma Kok Miu nennt, meist aber A Ma, wurde von den Portugiesen und ihren einheimischen Sprachhelfern nach ihr bestimmt. A Ma Gao, was so viel heißt wie Hafen der A Ma. Das A fiel später der eurasischen Sprachverhunzung zum Opfer, und so blieb Ma Gao, das die Lateiner dann Macao schrieben …

Schluss mit der Nostalgie! Wenn ich über Macao ins

Schwärmen komme, wird es ein langer Abend. Deshalb nur noch mein Hinweis auf das, was man in Macao essen kann und wozu ich durch meine Zeit als Koch eine besondere Beziehung habe. Ich weiß, wovon ich rede!

Da dominiert natürlich die Küche Südchinas mit all ihren süßen und süßsauren Köstlichkeiten, besonders den kantonesischen Leckereien und dem Backwerk. Aber man kann in Macao, egal ob im *Lisboa,* wo ich arbeitete, ob im *Pousada de Macao,* im billigen *Estrada do Mar* oder im *Bela Vista* neben der einheimischen Kost das vermutlich beste Steak Asiens essen, die besten Kroketten, die beste Forelle blau – es ist das Geheimnis der Leute hier, wie sie das schaffen, und ich verrate es nicht.

Letztens hat hier – wie in Hongkong auch – etwas Einzug gehalten, über das man als Chinese nur den Kopf schütteln kann. Es ist angeblich in Amerika erfunden worden, aber es wird wohl nicht so berühmt werden wie Coca-Cola: Pacific-Rim-Cookery. Das ist eine Kreuzung amerikanischer Speisen mit chinesischen Gewürzen. Oder umgekehrt. In Kalifornien, wo dieser Bastard in der Pfanne aufkam, wie eine Menge anderer Verrücktheiten, ist man ganz närrisch darauf. Bei uns macht man eher einen Bogen um diese Errungenschaft. Da stehen selbst Hamburger, wie Charly sie brät, noch besser im Ruf!

Von da, wo die Tragflächenboote anlegen, bis zum *Lisboa* sind es nur ein paar hundert Meter. Ich nahm mir trotzdem eine der Rikschas und machte mir meine Gedanken, wie ruhig es zu meiner Zeit noch auf der Avenida da Amizade zugegangen war – jetzt bliesen einem hier auch die dreirädrigen Daihatsu-Lieferwagen ihren Auspuffgestank ins Gesicht, und ihr Geknatter ließ einen vergessen, dass es da an der linken Seite das Meer gab, das gleichmäßig gegen die Kaimauer klatschte. Ich war froh, als ich endlich im *Lisboa* stand, diesem Riesenpalast, in dem es nicht nur vier Restaurants gab, chinesische, portugiesische und Allerweltsküche, sondern außer den Appartements die quirligen Spielsalons, in denen Automaten klingelten, Karten klatschten, Würfel klapperten und Chips leise klickten, wenn die Croupiers sie zusammenharkten. Fan Tan wurde in einer ganzen Etage gespielt, die Sache mit den Plastiklinsen, ein stupides Spiel, das mich nie sonderlich interessiert hatte. Daneben Bakkarat und Blackjack, und selbst an den Getränkeautomaten, die man der Einfachheit halber in den Salons angebracht hatte, herrschte Hochbetrieb. Eigentlich begann die ernsthafte Spielerei erst am Abend, aber es war inzwischen üblich, dass in regelmäßigen Abständen Omnibusse abenteuerlustige Touristenhorden ausspuckten, die geschwind die Stufen ins Hotel hinaufflitzten und gar nicht schnell genug auf Rot oder Schwarz setzen konnten. Es war zu einer Art Sport geworden, im *Lisboa* eine Handvoll Petacas zu verlieren, man wollte etwas zu erzählen haben, wenn man wieder zu Hause war. Der Ruch der Verworfenheit haftete einem an, wenn man in einem Casino gewesen war, also!

Spieler von Format, bei denen es um Beträge ging, mit denen man einen Öltanker kaufen konnte oder mehrere, zogen sich sowieso ins zweite Stockwerk zurück, wo die verschwiegenen Privatsalons lagen, zu denen nur der

Auslese von Hasardeuren aus allen möglichen Ländern Eintritt gewährt wurde.

Das Mädchen an der Rezeption, das wie eine philippinische Seezigeunerin aussah, kannte ich nicht, aber es wusste, dass ich ein Appartement reserviert hatte, und als es mir den Schlüssel aushändigte, warf es zwar einen enttäuschten Blick auf meinen flachen Aktenkoffer, den ich als einziges Gepäckstück mitführte, verlangte aber trotzdem keine Vorauskasse. Wieder einmal hatte mein unwiderstehlicher Charme gesiegt! Ich nutzte die Chance und erkundigte mich nach meinem alten Freund Sung Loh.

»Sie meinen unseren Chefkoch?«

»Genau diesen«, bestätigte ich und lächelte sie an.

Sie lächelte zurück. »Handelt es sich um eine Beschwerde?«

Als ich ihr versicherte, nichts läge mir ferner als das, es handle sich um ein Wiedersehen nach langer Zeit, wurde sie sehr entgegenkommend und griff nach dem Telefonhörer.

Ich hatte mit Sung Loh zusammen in der Küche des chinesischen Restaurants zu arbeiten begonnen, damals, und wir waren bald gute Freunde geworden, zumal wir uns aus Gründen der Sparsamkeit ein Zimmer teilten.

Sung Loh, der einen Chinesen zum Vater hatte, im Gegensatz zu mir, war später in Macao geblieben, als ich nach Hongkong zurückging. Er hatte es im Laufe der Jahre zum Chefkoch des Hotels gebracht. Und das wollte schon etwas heißen, was seine Fähigkeiten als Koch betraf, denn das *Lisboa* hat immerhin eine Kundschaft, die weiß, was auf einem chinesischen Tisch zu stehen hat und was nicht.

»Hier ist unser Chefkoch, Sir!« Das Seezigeunermädchen hielt mir den Hörer hin, gewinnend lächelnd, als hätte es sich damit einen Trip nach Samoa verdient.

Zuerst knurrte Sung Loh etwas, das unwillig klang, aber als ich ihm meinen Namen buchstabierte, jubilierte er, als habe er seine Erbtante entdeckt, die gerade von der Brücke springen will. Ich gab ihm meine Zimmernummer, und er versprach, sofort zu kommen, nur die hohe Kochmütze würde er ablegen.

Die beiden Fenster des Zimmers gingen aufs Meer hinaus. Das war der Vorteil dieses sonst nicht besonders luxuriösen Hotels, es lag abseits des lärmenden Stadtkerns, da wo die Luft noch wenigstens eine Kleinigkeit nach Salz schmeckte statt nach den Dünsten der Garküchen und dem Modder der Gassen.

Ein Grund auch, dass sich hier die meisten Hongkonger Gäste einquartierten, die nichts weiter machten als einen Spieltrip: Man konnte von der Anlegestelle in ein paar Minuten an Ort und Stelle sein, brauchte sich nicht durch das Gewühl des Zentrums zu quälen, zu den anderen Spielhöllen – Macao lebte hochgradig von ihnen, heute, das war keine übertriebene Behauptung, nein, von Roulette bis Fan Tan, ja sogar bis zum angestaubten alten Bingo bringt hier alles Steuern ein. Wozu sie verwendet werden, weiß niemand, der sie zahlt, wahrscheinlich dienen sie dazu, im heimatlichen Portugal die öffentlichen Toiletten zu modernisieren.

Den Lärm der zwei Etagen, in denen im *Lisboa* gespielt wurde, konnte man hier oben, im höchsten Stockwerk, nicht mehr hören. Ich warf meine Kleidung ab, um zu duschen. Die Fahrt von der Anlegestelle bis zum Hotel hatte bereits ausgereicht, eine Garnitur durchzuschwitzen. Von jetzt ab würde ich auf den Anzug verzichten, der ohnehin gereinigt werden musste, ich würde in Jeans herumlaufen, wie so viele andere respektable Leute, mit einem Dutzendhemd, das über den Bund hing, lose, damit die Luft leichter den Weg zum Körper fand …

Ich drehte die Dusche in der praktischen Kabine an und hatte ganz plötzlich das Gefühl, nicht ganz allein im Zimmer zu sein. War Sung Loh schon gekommen, während ich Kalt und Warm regulierte, dass es nur so brauste?

»Ich habe nichts bestellt!«, sagte ich automatisch, als ich mich umsah und den Zimmerkellner erblickte, der mit einem Tablett im Raum stand, auf dem sich eine Flasche Haig, ein paar Gläser und ein gefüllter Eiskübel befanden. Gleichzeitig versuchte ich, mit beiden Händen meine Familienpagode zu verdecken. Und dann passierten mehrere Dinge so schnell hintereinander oder sogar gleichzeitig, dass es viel mehr Zeit braucht, sie nachzuerzählen: Der Zimmerkellner ließ das Tablett samt Schnaps und allem Zubehör fallen. Ich bückte mich instinktiv, um wenigstens die Flasche Haig aufzufangen. Dadurch schoss der Zimmerkellner mit dem Revolver, der unter dem Tablett verborgen gewesen war, über mich hinweg in die Wand, wo die Kugel ein Loch im Bauch eines Pferdes verursachte, das, von Hsü Bei-hung gemalt, dort hing. Ich vergaß die Flasche, obwohl es mir tatsächlich gelungen war, sie zu fangen, und warf mich nach vorn, rammte meinen Kopf in den Bauch des seltsamen Kellners. Der Mann war gut trainiert, sein Bauch war stramm wie eine Gurkhawade. Allein hätte ich ihn womöglich nicht geschafft, aber plötzlich fiel er einfach nach vorn auf mich, schlapp, und als ich mich unter ihm hervorgearbeitet hatte, stand da ein etwas älter gewordener Sung Loh, wie ich mit einem dummen Gesicht und einer Flasche in der Hand, Sekt.

Er stammelte den idiotischen Satz: »Der Mann gehört nicht zum Hotel!«

Ich hatte mir schon gedacht, dass er nicht im Zimmerservice inbegriffen war. Sung Loh hatte es fertig gebracht, ihm geistesgegenwärtig die Sektflasche auf den Schädel zu dreschen, ohne dass sie dabei zerknackte. Eine erwähnenswerte Leistung. Nun drehte er den Bewusstlosen um, fasste in seine Taschen, fand außer ein paar kleinen Geldscheinen nichts von Bedeutung, und entschloss sich endlich, mir die Hand zu geben, nachdem ich die Waffe des Besuchers eingesteckt hatte.

»Als Koch wäre dir das nicht passiert«, vermutete Sung Loh. »Was hat der Kerl gegen dich?«

Ich hatte blitzschnell ein paar Überlegungen angestellt. Wie ein normaler Überfall mit Griff nach der Barschaft sah die Sache nicht aus. Außerdem waren Leute, die so was machten, genau informiert, ob das Opfer beim Spiel gewonnen hatte oder nicht. Ich war überhaupt noch nicht zum Spielen gekommen! Also – wer schickte mir hier und warum, ausgerechnet in Macao, wo mich kaum einer kannte, diesen Raubvogel auf den Hals, der mich killen wollte?

»Das haben wir herauszufinden«, wandte ich mich an

Sung Loh, nachdem wir uns begrüßt hatten. Ich klärte ihn schnell auf, weswegen ich da war, und dann verschwanden wir, noch bevor der unbekannte Revolvermann aus seinem Traum erwachte. Er war ein junger Bursche mit kurzem, fast militärischem Haarschnitt, wenn man weiß, wie chinesische Rekruten herumlaufen. Sonst hatte er keine besonderen Kennzeichen. Den Revolver, einen kurzläufigen Colt, wie er sich gut unter dem Hemd tragen lässt, nahm ich im Hosenbund mit. Er war mit neunundzwanziger Patronen geladen. Eine Sekunde dachte ich an die Löcher, die diese Sorte reißt. Dann flitzten wir zum Fahrstuhl, waren ganz schnell in der Garage, wo wir uns trennten – ich nahm den vorderen Eingang des Hotels, Sung Loh, der sich mit den Lieferanteneingängen auskannte, rannte durch die Halle zur Hinterfront. Vorsichtshalber signalisierte ich einem Taxifahrer, mich aufzunehmen, und dann begann das Warten.

Als der Taxifahrer zum ersten Mal auf seine Anzeigeuhr deutete, wie um mich schonend auf das Standgeld vorzubereiten, erschien der junge Mann am Hoteleingang, vorsichtig um sich blickend. Er verhielt eine ganze Weile, betastete mehrmals seinen Kopf, aber dann, als er sich wohl sicher wähnte, dass es keine Gefahr für ihn gab, sprang er schnell die Stufen abwärts und schwang sich auf eines der hier abgestellten Motorräder, eine rote Kawasaki, mit einem Nummernschild aus dem Mutterland.

»Hinterher!« Mehr brauchte ich meinem Taxifahrer nicht zu sagen, er war ein ausgeschlafener Bursche und hatte längst begriffen, was hier lief.

Wir rollten die Amizade zurück, bis zur nächsten Abzweigung, dann ging es zuerst westwärts bis zur Campo, aber bald fuhr der Kawasaki-Mann vor uns nordwärts, die Ferreira de Almeida entlang, kreuzte die Mecquita, und von da an preschte er zur Istmo Ferreira de Amaral hinauf, bis in die Gegend, die von den Einheimischen erst seit ein paar Jahren ungehindert betreten werden darf, am Porta de Cerco, das seit dem 17. Jahrhundert steht, dem Grenzort zu Rotchina.

Ich war nicht mehr überrascht davon, dass der junge Mann die Grenze anvisierte, denn das Nummernschild auf der Kawasaki hatte bereits angedeutet, woher er kam. Aber ich überlegte, weshalb da einer aus dem Mutterland extra nach Macao reiste, ausgerechnet, wenn ich da war, nur um mit einer Police Special auf mich zu schießen. Wozu er glücklicherweise nicht gekommen war. Ein Irrtum? Eine alte Rechnung?

Ich konnte mich an viele Rechnungen erinnern, aber mir fiel nichts ein, was mit Macao zu tun haben könnte. Woher wusste überhaupt jemand, wo ich mich aufhielt? Und wer hatte Interesse daran, mich auszuschalten? Mit meinem neuen Auftrag konnte das schwerlich zusammenhängen. Oder doch? Aber davon wusste außer Mrs. Lee und Bobby Hsiang noch niemand, und die beiden waren doch wohl sicher …

Der Kawasaki-Mann riss mich aus den Überlegungen. Er verlangsamte sein Tempo kurz vor dem Lin-Fong-Miu-Tempel, einem altehrwürdigen Bauwerk in der Tradition buddhistischer Klöster, die immer zugleich Herbergen gewesen waren. In diesem Bau pflegten seit Jahrhunderten Reisende aus dem Mutterland eine Rast einzulegen. Manche hatten ihn in der Vergangenheit, wenn sie Geschäfte in der Kolonie zu erledigen gehabt hatten, auch zeitweilig als Wohnung genutzt. Heute war das Kloster ein Ausflugsort, und die Mönche nahmen gern Trinkgelder, wenn sie Touristen durch die Hallen führten.

Der Kawasaki-Mann betrat den Tempel nicht. Er hielt am Straßenrand an, wo eine alte Hakka-Frau unter einem Riesenhut saß. Ich konnte sehen, wie sie dem Motorradfahrer etwas in die Hand drückte, das dieser in die Handtasche schob, wonach er seinerseits der Frau etwas übergab, das wie zusammengefaltetes Papier aussah und das wohl einer der Geldscheine war, die er bei sich gehabt hatte, als wir ihn durchsuchten.

Kaum war der Tausch gelaufen, gab der Bursche Gas, dass die Maschine vorn hochging, und dann brauste er durch das Tor. Ungehindert. Weil die verschlafenen portugiesischen Zöllner lange aufgehört hatten, sich etwa mit Motorrad-Hooligans aus dem roten Reich anzulegen. Und weil die Posten auf der anderen Seite diesen jungen Mann offenbar kannten, denn sie winkten ihn ohne Aufenthalt durch.

Ein Fremder konnte das für ein Zeichen des völlig normalisierten, entspannten kleinen Grenzverkehrs halten. Doch da irrte er sich. Die rotchinesischen Grenzposten waren weder lässig noch außerordentlich entgegenkommend geworden, sie wussten genau, bei wem sie sich Kontrollen ersparen konnten. Das war entweder angeordnet, oder es war das Resultat einer Handvoll Valuta.

Ein Aha-Erlebnis für mich.

Ich hockte mich vor die Hakka-Alte. Sie blinzelte mich unter ihrem Hut misstrauisch an. Kaute an einer Betelrolle. Entblößte schwarze Zähne, wenn sie sie im Mund herumrollte.

Natürlich kannte sie den jungen Mann nicht näher. Ich steckte ihr erst mal einen Hongkong-Dollar zu. Hongkong-Dollar waren in Macao als Trinkgeld gefragt.

»Für zwei Yüan habe ich seinen Pass aufbewahrt. Sonst nichts.«

»Mutterland-Yüan?«

Sie nickte. Auch rote Yüans waren gefragt. Und das mit dem Aufbewahren des Passes machen Leute so, die aus dem roten Reich kamen und bei einer Meinungsverschiedenheit mit der Polizei Macaos möglichst nicht identifiziert werden wollten. Aus tausenderlei Gründen. Nach dem Gesetz brauchte man in Macao Personalpapiere nur beim Grenzübertritt, sonst nicht.

»Zwei Yüan?«

»Ist ein halbes Huhn.« Sie spuckte roten Saft zur Seite. »Ich sitze den ganzen Tag hier und bewahre Papiere auf, Herr.«

»Das sind zwanzig Hühner am Tag. Genug, um satt zu werden, wie?«

Sie ignorierte die Frage. Wollte wissen, was mich an dem Burschen interessierte. Ich bot ihr zu den Hühnern noch ein paar Eier an, für seinen Namen, aber sie wusste ihn offenbar wirklich nicht. Zu viele Papiere täglich. Dass sie nicht lesen konnte, wollte sie nicht zugeben. Das Pflaster um sie herum sah von dem ausgespuckten Betelsaft aus, als hätte jemand die Hühner, die sie verdiente, gleich an Ort und Stelle geschlachtet.

Sung Loh stand noch immer kampfbereit an der Rückfront des Hotels *Lisboa.* Er hatte sich mit einem jener handlichen Hackmesser ausgerüstet, mit denen chinesische Köche gemeinhin Lauch und Möhren zerkleinern oder Füllung für Frühlingsrollen.

Ich erlöste ihn. Er verstand immer noch nicht, was eigentlich lief. Glaubte an einen Raubüberfall, bis ich ihn aufklärte, weswegen ich überhaupt nach Macao gekommen war. Da wurde er nachdenklich.

Wir hatten vor ewigen Zeiten zusammen in der chinesischen Küche des *Lisboa* gearbeitet, hatten uns ein Quartier geteilt, manchmal auch ein Mädchen, und wir kannten in der Stadt ein paar Teestuben, in denen man sich ungestört unterhalten konnte. Eine davon suchten wir auf. Wenn man die Almeida Ribeiro westwärts fährt, mit einer Rikscha, sodass man die vielen Schaufenster der Geschäfte in Ruhe betrachten kann, dann kommt man schließlich am Ende der Straße bei den Anlegestellen heraus, dort, wo das »Macao Palace« im inneren Hafen verankert ist, das dreistöckige Spielschiff, das selbst der eilige Tourist mit seinem Besuch zu beehren pflegt, weil es ein Versäumnis wäre, diese schwimmende Lasterhöhle des kleinen Mannes nicht gesehen zu haben.

Sung Loh und ich ließen uns nicht ganz bis dorthin kutschieren. Auf halbem Wege etwa bogen wir in eines der sympathischen Gassenviertel ab, in denen die chinesische Tradition Macaos mit den rührenden Versuchen der Portugiesen, hier so etwas wie eine europäische Metropole zu schaffen, ein Ergebnis von seltsamem Reiz gezeitigt hatte. Es wimmelte von Kindern, Greisen, Obstweibern und Hunden hier, die Fassaden waren zerbröckelt, es roch nach Modder, aber auch nach Fisch und Mottenpulver. Und es gab die Stübchen, in denen man bei einer Kanne Gunpowder sitzen und den Nachtigallen in ihren Käfigen zuhören oder sich dabei leise unterhalten konnte. Wir taten Letzteres.

Sung Loh konnte sich an den Abend erinnern, an den Gast aus Hongkong, auch an dessen Gespielin. Er hatte das Paar beim Dinner begrüßt, wie sich das für den Chefkoch einer anständigen chinesischen Gaststätte gehörte, wenn es sich um zahlungskräftigere Gäste handelte.

»Normales Dinner für zwei. Acht Speisen. bisschen Shaoshing-Wein. Aber es war noch ziemlich früh am Tag. Sie wollten zum Fan Tan oder zum Roulette, was weiß ich. Der Mister nahm mich beiseite. Sagte mir, dass sie nach dem Spielen noch in die Show gucken würden, im Portas, unter dem Spielsaal in der zweiten Etage, und danach erwartete er in seinem Appartement ein Nachtmahl. Leicht. Delikatessen. Fugu Sashimi. Ein paar kleine Schweinereien dazu. Leichter Pflaumenwein. Bettschubser, wie wir es nennen, für die verwöhnte Dame und den antriebsbedürftigen Herrn. Ich habe das alles zur rechten Zeit angerichtet und war beim Servieren selbst dabei, bis er mir zunickte, mir einen Schein zusteckte und sagte, es sei alles hervorragend …«

»Und dann hat er Fugu gegessen und ist tot umgefallen. Gib zu, du wolltest an seine Brieftasche. Oder an die Lotosblüte, he?«

Er grinste nur kurz. Wurde dann knurrig, sodass ich merkte, ich hatte ihn beinahe beleidigt, obwohl die Ironie nicht zu überhören gewesen war, wie ich dachte. Ich entschuldigte mich in aller Form. Sung Loh überhörte es höflich, wurde aber wieder zugänglicher. Man muss wissen, dass dieses Fugu Sashimi eigentlich eine japanische Spezialität ist, die ihren Preis hat und die selten verlangt wird in chinesischen Restaurants. Seltener jedenfalls als gebratene Schlange. Dabei handelt es sich um den Kugelfisch, wie ihn manche Leute präpariert unter dem Deckenventilator hängen haben. Er ist nicht direkt giftig. Nur Teile seiner Eingeweide sind es. Die Spezialisten streiten sich, ob es die Galle ist oder die Leber. Egal, jedenfalls da beginnt der Trick.

Der Koch muss sein Handwerk absolut traumhaft beherrschen, denn der Kugelfisch lässt sich schwer ausnehmen, und die meisten Tölpel verletzen eben dabei die gefährlichen Eingeweide, ohne dass sie es merken. Man schmeckt es nicht einmal, aber man stirbt daran. Schnell. Deshalb gibt's Prüfungen für Köche, bis man sie auf Fugu überhaupt loslässt. Sung Loh hatte das Examen lange hinter sich. Was hatte er falsch gemacht. Hatte er überhaupt Schuld?

Er leugnete es. Und es klang plausibel. Vor allem, als er mir den Hergang beschrieb.

»Du kannst mich vierteilen, Lim, das Zeug war nicht giftig. Ich habe selber eine Scheibe davon gegessen. Tue ich immer bei Fugu. Nichts. Und die Polizei hat die Reste der Mahlzeit gesichert. Auch nichts. Sonst hätten die mich doch längst eingesperrt!«

»Vielleicht kennst du ja den Untersuchungsrichter?«

Er bestätigte das sofort. »Natürlich kenne ich den. Commissario Senhor Cordan. Isst zweimal im Monat bei mir. Der hat die Reste untersuchen lassen, im Labor. Nichts.«

Die Sache offenbarte ihre Tücken. Dass ich doch nie einen Auftrag erwischte, bei dem ich mich ausruhen und mein Geld auf die bequeme Tour verdienen konnte!

Ich machte Sung Loh aufmerksam, dass der Tycoon immerhin an seinem Fisch gestorben war, was feststand. Aber da wurde mein Freund ziemlich laut.

»Er ist an Fugu gestorben, ja! Aber nicht an meinem, bitte! Er hat Fugu-Gift im Gedärm gehabt, aber dass es aus meiner Mahlzeit stammt, ist so unbewiesen, dass sie mir nicht mal verboten haben, weiter Fugu zu bereiten! Na, was sagst du nun?«

Am besten, nichts, dachte ich. Wenn jemand an Gift stirbt, ist immer etwas faul. Hier war vermutlich mehr faul, als man oberflächlich vermuten konnte. Ich hatte diesen Verdacht schon gehabt, als Bobby Hsiang von den anderen Vergifteten erzählte.

»Trinken wir einen Schnaps und vertragen wir uns«, schlug ich Sung Loh vor.

Ich dachte an diesen blumigen portugiesischen Kognak, aber Sung Loh eröffnete mir, den führten sie in dieser kleinen Bude nicht. Das sei eine Teestube. Bestenfalls würden sie einen Jungen zum »Macao Palace« schicken, welchen holen.

»Dann können wir gleich zu dem Musikdampfer rüberfahren«, schlug ich vor, denn wir hatten Zeit, nun, nachdem wir diesen mysteriösen Kawasaki-Mann ins Heimatland der Werktätigen zurückgescheucht hatten. Sung Loh stimmte mir zu. Also tranken wir den Gunpowder aus, warfen einen letzten Blick auf die Nachtigallenkäfige, und dann ließen wir uns zum Kai fahren, wo das »Macao Palace« lag. Die Musik quoll buchstäblich zwischen den Decks heraus. Sung Loh brüllte mir ins Ohr, es sei ganz gut, dass wir hierher kämen, hier gäbe es nämlich einen Mann, der in der von mir verfolgten Sache vielleicht auch etwas beizutragen hätte.

Die Etage, auf der gerade eine Kuntjü-Oper lief, mit all dem Radau aus Klappern, Schellen, Gongs und keifenden Darstellern, mieden wir, hier verstand man sein eigenes Wort nicht mehr. Wir stiegen höher, gingen an den Bakkarat-Tischen vorbei und landeten schließlich in einer Art Bar, wo zwar auch eine Kappelle langhaariger Filipinos randalierte, man aber in eine Nische kriechen konnte, wodurch man einigermaßen vor den Schallwellen moderner Unterhalter geschützt war.

Wir bekamen unseren Kognak, leisteten uns noch ein paar kantonesische Süßigkeiten, und dann, als die Musik gerade pausierte, winkte Sung Loh plötzlich einem jungen Mann, zu uns zu kommen.

Auf meine Frage, wer das sei, antwortete Sung Loh: »Mu Erh.«

Ich begriff nicht. Mu Erh sind Morcheln, krausgeformte Gewächse, die in der chinesischen Küche eine gewisse Rolle spielen. Europäer pflegen sie als Würzpilze zu bezeichnen, woran stimmt, dass es sich bei Mu Erh um Pilze handelt, aber Würze besitzen sie nicht, sie schmecken kaum nach etwas, es sei denn, man besitzt viel Einbildungskraft.

Als ich mein Erstaunen äußerte, erwiderte Sung Loh barsch: »Mu Erh, ja! Sieh dir seine Ohren an, und du weißt, warum man ihn so nennt!«

Der Bursche ging zunächst an die Theke und holte sich ein Gingerale. Bis das eingegossen war, hatte ich Zeit, ihn zu betrachten und weitere Fragen an Sung Loh zu stellen. Das mit den Ohren überzeugte mich, es waren mächtige Wedel, gekräuselt und auffällig, weil der Eigner nicht wie üblich das über die Schläfen herabhängende lange Haar, sondern einen kurzen Schnitt hatte, der beinahe an den von Soldaten erinnerte.

Sung Loh schüttelte jedoch den Kopf, als ich meine Vermutung äußerte. »Kein Soldat.«

»Was macht er hier auf dem Boot? Spielen?«

»Er ist der Shalali-Shalala-Mann.«

»Der was?«

»Er singt, du Idiot!«, gab Sung Loh unwillig zurück. »Dreimal nachmittags und dreimal im Abendprogramm trägt Bonnie Hsu ihr Lied von der blassen Schönheit vor, die den Göttern dankt. Mu Erh ist der Chorus, er trällert immer am Ende des Refrains Shalali-Shalala. Begriffen?«

»Und davon kann man leben?«

»Quatsch! Das macht er, weil er einen Künstlertick hat. Wie andere Leute sich mit Ofenruß anpinseln und sich in ein Schaufenster setzen, mit einer roten Schärpe um den Bauch, als Gesamtkunstwerk. Mu Erh hat eine Künstleragentur. Die Kapelle hat er engagiert. Vermutlich schläft deshalb Bonnie Hsu mit ihm. Außerdem hat er zwei Jai-Alai-Teams laufen, ein halbes Dutzend Windhunde im Canidrome und drei Mädchen unten in der Ribeiro, um die Red Lantern herum. Können auch vier sein, so genau weiß man das nie.«

»Gibt es einen vernünftigen Grund, dass ich ihn kennen muss?«

»Ja«, sagte Sung Loh nur, dann wandte er sich dem Mann mit den Morchelohren zu, der mit seinem Glas Gingerale vor unserem Tisch stand.

»Setz dich, Shalali!« Und nachdem wir uns begrüßt hatten, eröffnete Sung Loh mir freudestrahlend: »Er kann dir vielleicht helfen. Er war es nämlich, der die erdolchte Dame aus dem *Lisboa* fand. Unten an der Uferstraße, auf einer Bank.«

»Genau genommen darunter«, korrigierte der Shalali-Mann höflich.

Er schien überhaupt ein halbwegs gebildeter Mensch zu sein, was wieder einmal die These widerlegte, dass es sich bei Zuhältern stets um hirnlose Gesellen handelt. Und er lief auch nicht gerade wie ein Zuhälter herum, selbst wenn das eines seiner Hauptgeschäfte war, wie Sung Loh angedeutet hatte. Er erzählte so freimütig, dass ich sicher war, er sagte die Wahrheit.

»Ich kam von hier mit einer Rikscha. Fuhr in Richtung auf die Anlegestelle der Tragflügelboote am Ende der Amizade. Unweit der Bank am Kai, ein paar hundert Meter hinter dem *Lisboa,* steht eine Straßenlampe. Ich sah, dass jemand unter der Bank lag, und ich sah nackte Beine. Ein Mädchen. Eigentlich hielt ich die Rikscha an, weil ich sicher sein wollte, dass da nicht eines von meinen eigenen Mädchen besoffen von der Bank gerutscht war. Sie müssen wissen, die haben meist Geld einstecken. Aber es war keins von meinen Mädchen. Und es war nicht besoffen. Es sah tot aus. Da schickte ich den Rikschafahrer zum Telefon, die Polizei zu rufen. Hop Singh kam später aus den Büschen herausgekrochen. Er hatte Angst. Wir teilten ...«

»Hop Singh?«

Sung Loh erläuterte mir, das sei ein kleiner Gauner. Taschendieb. Wettschwindler. Knackt gelegentlich einen Automaten. Sonst harmlos. Vater Portugiese, Mutter Inderin. In einschlägigen Kreisen bekannt und gelitten, weil er sich spendabel zeigte, sobald er Geld in der Tasche hatte.

»Aber der hat mit der Sache nichts zu tun«, baute der Shalali-Mann gleich vor. »Der war eine Viertelstunde vorher von einer Runde Billigpoker am Kai abgehauen, weil er dauernd verlor. Schlechter Tag. Kam da vorbei. Griff der Toten in die Schultertasche. Pah! Er war noch total erschrocken. Als er mich kommen sah, kroch er ins Gebüsch und kam dann heraus, als er mich erkannte. Hat mit mir geteilt. Dafür habe ich der Polizei erzählt, wir wären beide zur gleichen Zeit eingetroffen. Sagen Sie selbst, Mister, was für einen Nutzen hat eine Tote von einer Tasche voll Hongkong-Dollar?«

»Oder welchen Schaden hat sie von einer leeren Tasche!« Sung Loh amüsierte sich.

Für ihn war der Shalali-Mann eine integre Persönlichkeit, und ich hatte keinen Grund, anders zu denken. So viel verstand ich auch von Ganoven. Gern hätte ich wenigstens einmal diesen Hop Singh gesehen, aber Sung Loh meinte, es würde zu lange dauern, ihn ausfindig zu machen, er sei auf Tour in den Hügeln, abseits vom Zentrum. Auf der Suche nach Talenten, wie der Shalali-Mann es dezent ausdrückte. Gefährtinnen der Nacht, wie Sung Loh es übersetzte. Jungfrauen.

»Er kann jetzt groß einsteigen mit dem Geld«, meinte er. »Damit finanziert er lässig ein halbes Dutzend. Und er hat ausgesorgt. Bis eine den Tripper kriegt. Oder mehrere.«

»War sie schon kalt?«

Sung Loh runzelte die Stirn. Das Gesicht des Morchel-Mannes wurde zur Karikatur. Nur schien dem das gar nicht bewusst zu sein. Er glaubte wohl, der Seidenschlips auf dem weißen Hemd riss alles heraus.

»Das Mädchen? Na, so kalt, wie man in einer Nacht in Macao eben sein kann. Erfroren ist hier meines Wissens noch keiner.«

Auf den Mund gefallen war dieser Allerweltskünstler auch nicht. Ich hätte gern gewusst, wie viel Geld die Tote denn nun wirklich bei sich gehabt hatte.

Mu Erh meinte: »Ich habe nicht genau gezählt, Mister. Wir mussten uns beeilen, die Polizei war ja unterwegs. Also machten wir zwei gleich große Haufen aus dem Zeug. Jeder nahm einen.«

»Und später?«

»Es waren alles große Scheine. Hunderter und Fünfhunderter. Ich habe eine Handvoll als Umlaufgeld in der Tasche behalten. Der Rest liegt sicher. Warum wollen Sie das alles so genau wissen? Wollen Sie das Geld für sich haben? Ist es eine Freundin von Ihnen gewesen?«

Sung Loh beruhigte ihn. Flüsterte ihm zu, ich sei ein Privatermittler aus Hongkong. Von der Familie gechartert. Er ließ aus, von welcher. Jedenfalls wüsste die nichts von Geld.

Ich rechnete: 123 000 Hongkong-Dollar hatte Mr. Chias beim Verlassen des Casinos eingetauscht, davon abgezogen seine Trinkgelder und das, was der Shalali-Künstler Umlaufgeld nannte – das ergab immerhin rund 120 000 Dollar. Vermutlich hatte Mr. Chia mit hohen Einsätzen gespielt. Es war ein guter Gewinn. Nicht gerade alltäglich. Zubrot für einen Mann, der es eigentlich nicht braucht, weil er ohnehin genug Bohnenquark in der Schüssel hat, und der es deshalb seiner Freundin schenken kann, ohne vor Schmerz zu winseln. Hatte sie ihn vielleicht in Unkenntnis der Sachlage beklaut? Bevor sie abhauen wollte? Für ein junges Mädchen in Hongkong wären über 100 000 Dollar keine üble Aussteuer gewesen.

»Da muss ein Profi am Werk gewesen sein«, sprach ich meine Vermutung gegenüber Sung Loh schließlich aus. »Ich habe die Stichwunde gesehen. Akkurat an der richtigen Stelle. Und es war vermutlich ein sehr dünnes Stilett. Kann kaum geblutet haben. Der Mann war kein Räuber. Wer mehr als 100 000 Dollar bei einer Leiche lässt, der ist nicht an ihrem Geld interessiert, lediglich an ihrem Tod und an schnellem Verschwinden vom Tatort.«

Sung Loh nickte verständnisvoll. Obwohl er, wie ich vermutete, kaum verstand, was ich meinte.

Ich fragte den Künstler mit dem Schlips: »Haben Sie den Oberschenkel des Mädchens gesehen?«

Er starrte mich entgeistert an. Schluckte. Empörte sich: »Mister, ich muss doch bitten, ich bin kein Leichenschänder!«

»Ich meine, ob Sie zufällig die Lotosknospe gesehen haben!«

Wieder empörte er sich gedämpft: »Mister, wenn das jemand hört! Ich bitte Sie, sich zu mäßigen …«

Es gelang mir schließlich, ihm klarzumachen, dass ich die Tätowierung meinte, aber als ich ihm die Stelle genau beschrieb, schüttelte er betrübt den Kopf.

»Tut mir leid, ihr Kleid war zwar etwas verrutscht, aber so weit nun auch wieder nicht.«

Wir tranken noch einen Kognak. Dann, plötzlich, schien ein Schrank voller Porzellan aus dem dritten Stock auf die Straße zu stürzen: Die Filipinos fuhren fort, Musik zu machen, oder das, was sie dafür hielten.

Der Künstler verabschiedete sich artig, nicht ohne mir die Namen von zwei Windhunden im Canidrome zu nennen, die todsichere Gewinner wären. Er versicherte zudem, niemand würde dort mehr die gegnerischen Hunde durch in die Augen geträufelte Opiumtropfen benachteiligen, eine Praxis, die ich noch aus meiner Zeit im *Lisboa* kannte und wegen der nicht wenige Gauner kleine Strafen kassiert hatten. Weiterhin verriet er mir, Pasquale und Fernando seien das Jai-Alai-Team, mit dem man ein Vermögen erwetten könnte. – Ein wandelndes Auskunftsbüro, das Shalali singen musste, um sein Ego zu befriedigen. Er stellte sich wieder rechts von der Band auf, am Mikrofon, um zur rechten Zeit den Refrain zu bringen.

Ich hatte Appetit auf den Polizisten bekommen, der den Fall amtlich bearbeitet hatte. Und Sung Loh kannte ihn nicht nur, er hatte sogar schon Fugu für ihn und irgendeinen Schmetterling zubereitet.

»Gehen wir!«, brüllte ich meinem Freund ins Ohr, denn wenn Filipinos Musik für Gehörlose machten, muss man die Phonzahl erheblich steigern, um nicht für einen Kanarienvogel gehalten zu werden.

5

Als ich den Kerl zu Gesicht bekam, verlor ich jede Hoffnung, von ihm etwas Brauchbares zu erfahren. Ein kleiner, wieseläugiger Patron, schlecht rasiert, mit einem Hemd, das vermutlich schon zur Zeit der Königin Isabella eine Wäsche nötig gehabt hatte. In der Bude, in der er residierte, stank es wie im Vorraum einer Fußpflegerei. Er setzte die Schirmmütze auf, als wir bei ihm eintraten. Die Götter mochten wissen, warum. Aber vielleicht wollte er als Amtsperson erscheinen. Immerhin nahm er die steife Kopfbedeckung alle paar Minuten wieder ab, um sich demonstrativ den Schweiß von der Glatze zu wischen, mit einem Taschentuch, das definitiv älter war, als die Königin Isabella. Ich entschloss mich, nicht lange mit ihm zu experimentieren, hielt ihm 100 Hongkong-Dollar hin und stellte mich als Busenfreund Sung Lohs vor, der ziemlich unbeteiligt dreinblickte. Er beließ es dabei, mich mit Commissario Senhor Cordan bekannt zu machen, und setzte sich dann still in eine Ecke des unaufgeräumten Büros, in dem es mehr Plastikbecher mit Limonadenresten gab als Akten.

Senhor Cordan steckte meinen Hunderter kommentarlos in die Tasche seines isabellenfarbenen Hemdes und gab sich dann, während er mich mit einer großzügigen Geste zum Hinsetzen auf einem Hocker aufforderte, den Anschein, angestrengt nachzudenken. Gewissermaßen sein überhitztes Hirn für hundert Punkte anzustrengen. Es klappte in Grenzen.

»Dieses Mädchen, ja.« Er griff sich an den Kopf und merkte, dass es wieder Zeit war zu wischen. »Stichwaffe, zweifellos. Von vorn angegangen. Möglicherweise ein Freier. Muss sofort tot gewesen sein.«

»Spuren?«, erkundigte ich mich, ohne viel Hoffnung, dass ich etwas Verwertbares erfahren würde.

Er schüttelte müde den Kopf. Erwähnte dann, der Stich sei sehr akkurat von unten nach oben gesetzt gewesen, sodass die Spitze des Instruments mit Sicherheit das Herz hatte erreichen müssen. Geübter Mann. Ich konnte das bestätigen. Ich hatte eine Menge Stichwunden gesehen. Wer da nicht genau sein Handwerk verstand, dessen Klinge glitt allzu leicht von einer Rippe ab.

Dass es ein Raubmord gewesen sei, hielt Commissario Cordan immerhin für möglich. Bei der Leiche sei absolut nichts gefunden worden. Eine leere Tasche. Kein Dokument. Kein Petaca. Etwas Billigschmuck, aber nichts von Wert.

Ich verkniff mir eine Bemerkung über das, was ich vom Shalali-Mann erfahren hatte. Es wäre unfair gewesen. Offenbar maß der Commissario dem Zusammensein der Ermordeten mit dem zuvor vergifteten Hongkonger Tycoon nur beiläufige Bedeutung bei. Vermutlich hatte er nicht einmal herauszufinden versucht, ob der Mann verloren oder gewonnen hatte, während des Spiels im *Lisboa.*

Immerhin aber teilte er mir mit wichtiger Miene mit: »Unser Labor hat den Mageninhalt des Toten untersucht, auch Blutproben wurden genommen. Zweifellos Fugu-Vergiftung. Allerdings wurde in den Resten der Mahlzeit auf dem Zimmer kein Gift gefunden. Nichts. Es kann sich nach Meinung unseres Experten nur um ein kleines Stück vergifteten Fugus gehandelt haben, das versehentlich der Mahlzeit beigegeben wurde. Der ehrenwerte Sung Loh hat das nicht zu verantworten, seine Mahlzeit war einwandfrei. Ein Zufall. Bedauerliches Zusammentreffen von mehreren Zufällen vielleicht. Wenn Sie mich fragen, ich werde so schnell keinen Fugu mehr essen …«

Ich hatte ihn nicht gefragt. Hatte auch genug gehört. Macaos Kriminalpolizei war bequem. Und ihr Labor war ungefähr so leistungsfähig wie ein Frisörladen um die Mittagszeit. Was mich nicht hinderte, Senhor Cordan überschwänglich für die Zeit zu danken, die er mir geopfert hatte.

Er winkte gönnerhaft ab. Und Sung Loh tippte sich, als wir draußen waren, an die Stirn.

»Bist du von allen guten Geistern verlassen? Gibst ihm einen Hunderter und bedankst dich noch! Der Kerl ist ein Schnorrer. Frisst sich mit jeder neuen Flamme bei mir durch …

Fehlanzeige. Nicht einmal die Lotosknospe war diesem Spezialisten aufgefallen. Vielleicht hatte er auch etwas dagegen, sich weibliche Oberschenkel anzusehen, wenn sie schon kalt waren. Mageres Ergebnis in Macao, sagte ich mir. Bis auf diesen Kawasaki-Killer war ich so klug wie zuvor. Und der Bursche blieb ein halbes Geheimnis. Die andere Hälfte kannte ich, er kam aus dem Mutterland. Doch das war nicht viel. Aus dem Mutterland kam eine Menge Ganoven, heutzutage.

Wir schlenderten durch die Innenstadt. Eigentlich hatte ich noch einen Ausflug zu den beiden Inseln machen wollen, die keine mehr waren, Taipa und Coloane, die seit meiner Zeit durch moderne Brücken und übers Wasser gebaute Fahrwege mit dem Festland verbunden worden sind. Aber ich überlegte mir, dass es angebracht wäre, keine Zeit zu vergeuden. Coloane mit seinen Stränden hätte mich gelockt, aber als mir Sung Loh dann noch erzählte, sie hätten dort die duftenden Nadelwälder gerodet, um Platz für Luxushotels zu schaffen, verzichtete ich endgültig.

Genau besehen, war Macao einer der letzten Plätze seiner Art in ganz Asien. Hier war es gewissermaßen mit der alten Welt Europas zusammengestoßen, damals, als die Kauffahrerschiffe der Portugiesen mit ihren riesigen Segeln noch Wochen brauchten, durch stürmische See, um nach Macao zu gelangen. Nicht nur Menschen waren an dieser idyllischen Küste mit ihren Seeräuberschlupfwinkeln aufeinander gestoßen, es hatten sich grundverschiedene Kulturen getroffen. Die eine hatte jeweils von der anderen profitiert, hatte Teile der anderen verdrängt, eine neue, gemischte geschaffen. Neben die Lehmhütten der Südchinesen waren die Villen der portugiesischen Granden gebaut worden, die Kaufhöfe der Handelsherren, die Klöster der Jesuiten. Asien verschmolz mehr oder weniger schmerzhaft mit dem, was man in Europa Fortschritt nannte, man profitierte zwar voneinander, aber einer betrog den anderen, so gut es ging. Immerhin spürte man, dass man sich brauchte.

Portugiesen wurden steinreich, oder sie verkamen zu versoffenen Gestrandeten mit räudigen Geliebten unter den Palmen von Macaos Küste. Chinesische Kaufleute häuften riesige Vermögen an, ihre tugendhaften Töchter heirateten Seefahrer aus dem fremden Land, wenngleich das nicht groß Schule machte. Man kam sich näher. Man lernte den Bronzeguss von Kanonenrohren, und die Fremden lernten Gewürze kennen, von denen sie nie gehört hatten. Portugiesen gründeten in dem gottvergessenen Küstenstrich die erste Zeitung Asiens, und ein Chinese eröffnete hier das älteste Teehaus der Welt, das Ung Leu. Heute war das alles im Wesentlichen nur noch Geschichte. Bröckelnde. Vermodernde. Macao wird ein paar Jahre nach Hongkong an China fallen. Zyniker sagten, es wird umgekehrt zugehen, China werde an Hongkong und Macao fallen. In jedem Fall werden die grünen Hügel Macaos mit ihren weißen Villen bald ebenso wie Hongkongs Peak Standort unzähliger Hochhäuser sein. Betonburgen werden die Platanen verrecken lassen, Autobahnen die pittoresken Wohnviertel der Einheimischen wegfegen, der Qualm unzähliger Auspuffe wird den letzten Rest Jasminduft vergiften, und das verschlafene Nest Macao wird sich nicht mehr von der Horrorkulisse Hongkongs unterscheiden, von Singapore oder Manila, Djakarta oder Kuta Beach.

»Diese Welt geht vor die Hunde«, sagte ich in Gedanken. Sung Loh hörte es, aber er kommentierte es nicht.

Ich gab das Zimmer im *Lisboa* auf. Verloren hatte ich hier nichts mehr. Wir setzten uns am Kai auf die Bank, unter der das Mädchen gelegen hatte, rauchten, sagten ab und zu ein paar Worte. Sung Loh erinnerte sich an den Abend des Mordes.

»Weißt du«, erzählte er mir, »dieser Tycoon hatte mir persönlich aufgetragen, wie er den Fugu haben wollte. Du solltest das wissen, es könnte von Bedeutung sein. Ich habe mich nämlich gewundert, vielleicht tust du es auch …«

»Ärgern und Wundern sind die Anfänge der Philosophie gewesen«, ermunterte ich ihn zu erzählen. »Setz mich ins Bild, möglichst, bevor die Hydrofoil kommt, mit der ich nach Hongkong zurückrausche.«

Fugu wird, wenn es sich um weniger feine Gasthäuser handelt, traditionell in einer Art Schmorgefäß zubereitet, erklärte er mir, was mir nicht absolut neu war. Im *Lisboa* servierte man diese Delikatesse üblicherweise auf sehr feinem grünen Porzellan, und die hauchdünnen Scheiben Fisch waren liebevoll zu dekorativen Blüten gefaltet, wenn sie auf den Tisch kamen, und wurden selbstverständlich roh genossen. Allerdings hatte es sich in letzter Zeit eingebürgert, dass Fugu etwas weniger traditionell gegessen wurde. Die so genannte Sandwich-Mode war aufgekommen. Man ließ kleine Häppchen getoasteten Brotes mit der Fischdelikatesse belegen und aß sie so wie der Chinese seine Dim Sum, gewissermaßen als Vorspeise oder als Imbiss zwischendurch.

»Mister Chia muss wohl im Sinn gehabt haben, sie in den Pausen, während seiner Liebesspiele mit der jungen Dame, zu verzehren«, vermutete Sung Loh. »Er bestellte Kanapees. Benutzte sogar den japanischen Ausdruck Odoboru, der die Sache zwar nicht ganz trifft, mir aber klarmachte, was er meinte: eine Platte mit Häppchen. Dazu Sekt.«

Mir war schon klar, was der Tycoon im Sinn gehabt

hatte. Und das Bild, wie es zu seinem Tode gekommen war, rundete sich langsam. Ein bestimmtes von den Häppchen konnte mit einem vergifteten Stück Fugu belegt gewesen sein, und Chia hatte es ahnungslos gegessen. Das ließ vermuten, dass das Mädchen dieses eine Stück gekannt hatte. Es Mr. Chia sozusagen in den Mund schob. Mord, nicht Unfall. Aber warum? Um an den Spielgewinn zu kommen?

»Man kann mit Fugu auch noch auf andere Art killen«, belehrte mich Sung Loh. »Wenn man nämlich Kugelfischinnereien auskocht, gewinnt man ein stark konzentriertes Gift. Tetradotoxin. Davon genügen ein paar Tropfen, um einen Mann umzubringen. In Sekt geschüttet, wäre das Zeug weder zu schmecken noch zu riechen.«

Der Gedanke lag nahe, dass es so gewesen war. Wenn das Mädchen tatsächlich die Absicht gehabt hatte, den Tycoon um seinen Spielgewinn zu erleichtern, dann wäre es ziemlich umständlich für sie gewesen, ein Stück giftigen Fugu mit sich herumzutragen und es bei passender Gelegenheit auf ein Toasthäppchen zu platzieren, das sie dann dem Liebhaber in den Mund schob.

Bequemer war da ein Fläschchen mit Tropfen. Das alles sah aus wie ein geschickt ausgeführter Raubmord, und es konnte auch durchaus sein, dass die Dame nachher das Pech gehabt hatte, von einem gelegenheitsmäßig arbeitenden Räuber umgebracht worden zu sein. So etwas hatte es schon gegeben. Aber es blieb die Frage, wieso sich in verhältnismäßig kurzer Zeit, wie Bobby Hsiang mir erzählt hatte, nun schon der dritte Vorfall dieser Art ereignete. Und weshalb niemand sonderlich interessiert zu sein schien, den Hintergrund aufzuklären. Da war ein Rätsel vergraben. Sung Loh dachte ebenso. Obwohl er vor allem froh darüber war, dass ihn als Koch der verhängnisvollen Mahlzeit niemand ernsthaft eines Kunstfehlers zu verdächtigen schien. Oder gar einer Mordabsicht.

Was konnte ich bloß Mrs. Lee berichten, wenn ich sie in Hongkong aufsuchte? Dass die Polizei in Macao offenbar von einer Manipulation überzeugt war, hinter die sie nicht steigen konnte oder wollte und an der der Koch nicht beteiligt war. Dass sie deshalb stillschweigend die Ermittlungen auf die Feststellung der Todesursache beschränkt hatte. Das Mädchen, besser gesagt, dessen Leiche einfach nach Hongkong abgeschoben hatte: Kam der Tote von dort, musste auch die Begleiterin von da kommen!

Ich hatte meine Zweifel, ob Mrs. Lee mit meiner Arbeit zufrieden sein würde. Aber das Geschäft eines Privatermittlers ist eben mühsam. Nur selten gibt es schnelle Erfolge. Mrs. Lee würde das einsehen müssen. Oder mir kündigen.

6

Das Begräbnis von Mr. Chia, an dem ich anstandshalber teilnahm, sogar mit einem weißen Lappen am Revers meiner Jacke, war eine großartig inszenierte Angelegenheit.

Die Belegschaft der Hemdenfabrik »Schwan« war erschienen, traditionell in Weiß gekleidet oder mindestens mit weißen Stirnbändern. Der Friedhof füllte sich mit Neugierigen, noch bevor der Trauerzug mit dem prunkvollen Mahagonisarg angekommen war. Trommeln, Gongs und Zimbeln veranstalteten einen wahren Höllenlärm, und vor dem Tempel türmten sich die Grabbeigaben, vom liebevoll gestalteten Bungalow aus bunter Pappe über alle möglichen Sorten Obst und Gemüse bis zu Matchbox-Autos und Rolex-Uhren, die selbst als Hongkonger Nachahmungen ihren stolzen Preis hatten. Aber mir schienen auch einige echte darunter zu sein, deren Spender sich nicht die Blöße geben wollten, ihrem langjährigen Chef oder Geschäftspartner allzu billig zu kommen.

Irgendwo knatterten Feuerwerksraketen der kleineren Art. Räucherstäbchen verbreiteten den Duft von Amber und Moschus, das Papiergeld, alle Währungen der Welt, farbenprächtig nachgedruckt, qualmte in einem großen Haufen vor sich hin.

Ich hielt mich, so gut es ging, im Hintergrund. Schließlich war ich dem Toten nie begegnet. Aber es dauerte nicht lange, und Mrs. Lee hatte mich entdeckt. Sie trug einen langen, weißen Kaftan aus teurem Material, und das Stirnband war mit einem Diamanten geklammert, der vermutlich die Lebenseinnahme eines mittleren Beamten wert war. Neben der Dame stand eine andere, die ihr ähnlich war, vielleicht etwas älter – die verheiratete Schwester. Und dann war da der trauernde Sohn Mr. Chias, eine imposante Erscheinung, der offenbar selbst den weißen Trauerumhang noch bei Armani gekauft hatte. Goldgefasste Brille, schmales Gesicht, dünne Lippen.

»Mister Chia, Sir«, sagte ich artig, als ich merkte, dass er auf mich aufmerksam gemacht worden war, »es tut mir leid, Sie im Augenblick dieses schweren Verlustes kennen zu lernen …«

Er winkte ab. Drückte meine Hand und wies dann auf eine ältere, unscheinbare Frau, die ich bisher glatt übersehen hatte, weil sie buchstäblich durch nichts auffiel – sie sah aus wie eine Hakka-Frau vom Markt in Begräbnisweiß, und sie blickte mich auch so an, als sie ziemlich gelassen sagte: »Ich bin die Witwe des Hingeschiedenen. Man hat mir gesagt, Sie würden die Sache aufklären. Danke für Ihre Anteilnahme, Mister … Lim Tok, nicht wahr?«

Als ich das schnell bestätigte, bemerkte sie noch: »Ich bin nicht sehr gesund. Sie werden das alles mit meinem Sohn Washington abmachen, er kümmert sich darum. Und Nancy natürlich …«

Sie nickte mir freundlich zu. Die Sache aufklären. Nun gut. Sie legte dem Sohn die Hand auf den Arm und bat ihn: »Tony, lass mich nach Hause bringen. Ich habe Schwierigkeiten, mich auf den Füßen zu halten.«

Wenn sie gegen ihren Mann nach dessen Tod noch einen Groll hegte, wenn sie überhaupt wusste, in welchem Zusammenhang er sein Leben verloren hatte, wenn sie auch nur eine vage Ahnung von dieser Lotosknospe hatte, so zeigte sie es jedenfalls nicht. Washington Chia. Tony. Manche Leute hatten ihre Kinder in Verehrung der amerikanischen Demokratie so genannt. Eine alte chinesische Sitte, die Sehnsucht nach den Segnungen der modernen Zivilisation in fremden Staaten, vor allem in Amerika, anzeigte. Nun hob der so Genannte unauffällig den Zeigefinger. Von irgendwoher kam ein Chauffeur angeflitzt, der sich um Mrs. Chia senior kümmerte. Sie schenkte mir zum Abschied noch ein beinahe mütterliches Lächeln.

Mrs. Nancy Lee tat so, als habe sie mich nie zuvor gesehen. Sie versank im See der Schmerzen, wie das sehr alte Chinesen nennen. Wenn sie Lao Tse noch persönlich gekannt haben, wie manche spotten.

»Ich hörte, Sie hatten in Macao ein wenig erbauliches Erlebnis«, bohrte Washington Chia mich an, als alles vorüber, der Lärm verklungen, der Weihrauch verzogen war und die bezahlten Klagemänner den Versuch aufgegeben hatten, hinter dem Sarg her in die Grube zu springen.

Wir saßen in Chias Rolls, von dem ich nicht wusste, ob er ihn aus Amerika hatte einfliegen lassen, was einem Banker durchaus zuzutrauen war, oder ob er aus dem Hongkonger Familienpark stammte. Dass die Nummer in Hongkong ausgestellt war, wollte bei Leuten dieser Verdienstklasse wenig heißen. Der Fahrer war ein schweigsamer junger Chinese. Zuhören konnte er uns nicht, dafür sorgte die Trennscheibe aus Glas, die todsicher auch schussfest war.

Mr. Chia junior, der jetzt allerdings Mr. Chia senior geworden war, drückte auf einen Knopf, und eine Klappe öffnete sich. Gab Gläser und Flaschen frei. Beleuchtet, für den Fall, dass einer die Etiketten lesen wollte. Zigarrenkisten und Dosen mit Zigaretten, die statt der Fabrikmarke das Monogramm, das Schriftzeichen der Familie Chia trugen.

Wir entschieden uns für einen irischen Whisky, und ich traute mich an eine der aus Fidels Gefilde herausgeschmuggelten Zigarren, von denen es immer noch hieß, bildhübsche Mulattinnen würden sie auf ihren schweißfeuchten Oberschenkeln zur letzten Perfektion rollen.

»Sie wohnen auf dem Wasser?« Es klang befremdet. Kein Wunder, in Hongkong wohnten die Ärmsten und Obdachlosen auf dem Wasser. Zu beiden Kategorien gehörte ich nicht. Es war eine Schrulle von mir, auf einer Dschunke zu leben. Während ich Mr. Chia das klarzumachen versuchte, putzte er seine Goldrahmenbrille, und schließlich bemerkte er beiläufig, das mit der Dschunke sei sehr vorteilhaft, er würde dort mit mir besprechen, wie alles weitergehen sollte. Ein vager Hinweis auf Abhörmöglichkeiten schloss sich unauffällig an.

Wem sagte er das? Ich hatte meine eigenen elektronischen Anlagen auf der Dschunke, allerdings vorwiegend, um sie gegen ungebetene Besucher zu sichern, wenn ich unterwegs war.

Ich verkniff mir den Rat, er solle den irischen Whisky mitnehmen, als wir, in Aberdeen angekommen, in ein Walla-Walla stiegen, dessen Fahrer ich kannte. Er brachte uns auf die Dschunke, und nachdem ich die tückischen Alarmanlagen außer Betrieb gesetzt hatte, kamen wir zur Sache.

Mr. Chia eröffnete mir, er werde vorläufig in Hongkong bleiben. Seine Interessen in der Pacific Bank in New York würden darunter nicht leiden, er sei dort gut vertreten. Es gelang mir, ihn davon zu überzeugen, dass es auf meiner Dschunke tatsächlich keine Abhöranlagen gab. Das schien ihm große Sorgen bereitet zu haben, er war es wohl aus New York gewohnt, kein vertrauliches Wort mit jemandem wechseln zu können, ohne dass es die Gefahr von ungebetenen Zuhörern gab. Zumal er mir anvertraute, auf meine Dschunke gekommen zu sein, um mit mir zu besprechen, mit welchen Methoden wir vorgehen wollten.

Ohne Umschweife und bevor ich ihn aufmerksam machen konnte, dass die Schießerei in Macao eigentlich auch nur auf ungebetenes Mithören meiner Abmachung mit seiner Schwägerin Nancy Lee zurückzuführen sein konnte, eröffnete er mir, als wir uns bei einem Glas Scotch mit Wasser in meiner Kajüte niedergelassen hatten: »Mein Vater ist aus politischen Gründen ermordet worden.«

»Da sind Sie ganz sicher, wie es scheint?«

Er war es. Washinghton Chia, der elegante Mann mit dem Haarschnitt eines Autoverkäufers, hatte, wie ich bemerkte, gute Informationsquellen. Haben Banker die nicht immer? Er überraschte mich damit, dass ihm die Überlegungen Bobby Hsiangs bekannt waren, die mysteriösen Tode des Präsidenten der Versicherungskassen, Tsen Haw, und des Bosses der Hafenbetriebe, Chung Peng-tou, sowie der seines Vaters gehörten irgendwie zusammen. Er hatte die beiden anderen Opfer nicht persönlich gekannt, aber seine Bank zählte sie zu ihren Kunden, denn sie hatten bereits nach den ersten Gerüchten über die bevorstehende Machtübernahme Chinas in Hongkong begonnen, Geld in den Vereinigten Staaten festzulegen. Ebenso wie sein Vater, der ehrenwerte Jack Chia. Der smarte junge Banker erzählte das alles so unbefangen, als handle es sich um Familientratsch.

»Jetzt«, vertraute er mir an, »werde ich vorerst hier bleiben. Ich werde dafür sorgen, dass die Firma im Sinne meines Vaters weitergeführt wird.«

»Die Hemdenfabrik?«

»Die, ja. Und ich habe in die Wege geleitet, dass ich auch in der Vereinigung des Textilhandels das Amt meines Vaters vorläufig fortführe. Obwohl man dafür bereits einen Nachfolger bereithielt. Ich konnte das rückgängig machen.«

Mir kam der Gedanke, dass es sich bei dem Mord an Chia tatsächlich um ganz andere Motive gehandelt haben konnte als um das gewonnene Geld, das ihm die kleine Hure abnahm. Die Sache mit dem Mädchen war ohnehin seltsam verlaufen. Außerdem gab es, wie Bobby sagte, die beiden anderen Tycoons. Einflussreiche Leute. Chia junior, der Banker, stellte kategorisch fest, es habe sich um politische Motive gehandelt. Ich war mir sicher, ich musste das alles einkalkulieren und die Angelegenheit von einer anderen Seite aus angehen als von einem gewöhnlichen Überfall mit tödlichem Ausgang nach einer durchspielten Nacht mit Fugu-Abschluss.

»Kennen Sie die Nachfolger der beiden anderen ums Leben gekommenen Herren?«, erkundigte ich mich bei meinem Gast.

Er kannte sie zwar nicht persönlich, hatte aber über seine Verbindungen in New York bereits erfahren, dass es sich um Personen handelte, die vor einer gewissen Zeit aus dem Mutterland zugewandert waren. Ausgestattet mit ausreichenden Kenntnissen der jeweiligen Branche und mit Verbindungen ins Mutterland, die sich nach Meinung der Gremien, die sie in ihren Ämtern bestätigt hatten, als äußerst nützlich erweisen konnten. Für wen? Es schien, dass Chia junior die Überlegungen Bobby Hsiangs, des ausgekochten Kriminalisten, auf eine ganz eigene Art weiterführte, ohne sie zu kennen.

Ich dachte eine Weile darüber nach. Weil mir der tiefere Einblick in Geschäftspraktiken von der Art, wie sie hier vorlagen, fehlte, würde ich mich mit Äußerungen vorerst zurückhalten. Aber es war unverkennbar, dass sich langsam Strukturen abzeichneten, die für einen Ermittler aufschlussreich waren.

Ich beließ es dabei, mit Mr. Chia junior, den ich ganz erträglich fand, obwohl er stinkreich war, zu vereinbaren, dass er mich unauffällig mit den beiden Ersatzherren bekannt machen sollte, sobald er selbst etwas näher an ihnen war als jetzt. Das sicherte er mir zu. Aber er empfahl mir, die Verbindung zu Mrs. Lee, die mich engagiert hatte, keinesfalls zu vernachlässigen. Sie hätte über ihren Vater Verbindungen, die … Offenbar scheute er sich, mir zu sagen, dass der alte Lao Dang, der auf einer der bedeutendsten Triaden Hongkongs hockte, sehr von Nutzen sein könnte. Brauchte er auch nicht, das wusste ich ohnehin. Und bei Lao Dang hatte ich aus mancherlei Gründen, die weit zurücklagen, einen guten Stand. Sonst hätte er nie zugelassen, dass seine Tochter ausgerechnet mich engagierte. Dass er selbst an der Aufklärung der Geschichte interessiert war, lag auf der Hand. Jedenfalls für mich.

Drüben am Ufer zündete jemand einen von diesen Knallkörpern, wie der traditionsbewusste Chinese sie zum Neujahr hochgehen lässt oder zum Drachenbootfest, zur Beerdigung, zur Hochzeit. Wir gossen uns noch einen Scotch ein, und dann versuchte ich herauszufinden, ob Mr. Chia eine Ahnung von Tätowierungen an Oberschenkeln von Damen hatte. – Er hatte keine. Doch noch bevor wir die Angelegenheit gebührend vertiefen konnten, tutete in der Nähe meiner Dschunke, draußen auf dem Wasser, ein Walla-Walla. Das kam öfter vor, diese kleinen Wassertaxis mussten sich meist mit ziemlichem Lärm ihren Weg zwischen den unzähligen anderen Booten freikämpfen. Diesmal aber wiederholte sich das Signal mehrmals, und zugleich piepste eine helle Mädchenstimme, ich solle gefälligst die Strickleiter herablassen.

»Pipi«, sagte ich. Meine Freundin, die Empfangsdame aus dem Hotel *Excelsior.* Dauerfreundin mit eifersüchtigen Anwandlungen von Format, aber mit einer Figur, die buddhistischen Mönchen den Schlaf rauben konnte, und mit dem Gemüt eines Goldfisches.

»Sie bekommen Besuch?«, erkundigte sich Mr. Chia misstrauisch.

Als ich ihm den Sachverhalt erklärte, schien ihn das einigermaßen zu beruhigen. Lediglich seine praktische Ader brach durch. Ich sollte das Walla-Walla festhalten, er wollte damit an Land, und morgen würden wir uns im *Mandarin* treffen, wo er augenblicklich wohnte, bis man sich im Haus der Eltern darauf eingerichtet hatte, ihn samt seinem persönlichen Sekretär, den er aus New York nachkommen lassen wollte, aufzunehmen.

»Hi, liebe Leute!«, flötete Pipi, die adrette kleine Chinesin, als sie an Bord kletterte, wobei sie dem unten wartenden Walla-Walla-Fahrer, wie das so ihre Art ist, einen freizügigen Blick unter ihren Mini gewährte, sozusagen als zusätzliches Trinkgeld. Sie plapperte ungehemmt weiter, nachdem sie Mr. Chia so nebenbei die Hand gedrückt hatte: »Aufregend ist das! Man ahnt nichts Böses, da geht ein Rolls Royce in Flammen auf! Hättet ihr sehen sollen – na, der war ausgebrannt, noch ehe die Feuerwehr erschien. Schade bloß um den Fahrer. Da muss eine Tür geklemmt haben, er kam nicht mehr raus. Vielleicht war er auch vom Qualm ohnmächtig …«

Zehn Minuten später standen wir vor dem noch leicht qualmenden, schaumgetränkten Wrack. Die Feuerwehrleute waren nicht in der Lage gewesen, noch etwas zu retten. Den Fahrer hatten sie, angekohlt wie er war, auf eine Bahre gelegt und mit einem Tuch zugedeckt. Der Eisenrahmen des Rolls war an manchen Stellen noch so heiß, dass der Schaum verdampfte. Keine Explosion offenbar. Schade um den irischen Whisky, dachte ich, aber dann wurde ich dadurch abgelenkt, dass mich jemand am Gürtel zupfte. Ich drehte mich vorsichtig um.

Es war Lum. Jedenfalls ließ er sich so nennen. Wie er wirklich hieß, verriet er aus Geschäftsgründen so leicht niemandem. Ein achtjähriger Bursche, der in der Cameron Street alles an Dienstleistungen bot: von Schuheputzen bis zur Vermittlung kochkundiger Lesben an familiär eingestellte Gleichgesinnte oder von garantierten Jungfrauen unter achtzehn Jahren, die aus der jeweils gewünschten Provinz im Mutterland stammten. Vor der Brust trug er meist ein Pappschild mit dem Angebot des Tages. Heute stand da »Tripperspritzen im Do-it-yourself-Verfahren. Diskret und preiswert. Einschließlich Nachuntersuchung. HK-Dollar 22,80 pro Kur«.

Ich erwähnte wohl schon, dass ich mir in der Cameron Street, nicht weit von der Anlegestelle in Aberdeen, zusammen mit einem jungen Mann ein Büro gemietet hatte. Als Festpunkt an Land sozusagen. Ein Detektiv braucht ein Telefon, und zwar eins, das weniger kostet als die sündhaft teuren Funkapparate. Leute wollen Nachrichten hinterlassen. Also hatte ich mich mit einem Bewährungshelfer, der meist mit einem blaugeschlagenen Auge herumlief, manchmal auch mit zweien, auf fifty-fifty geeinigt. Das hatte außerdem den

Vorteil, dass der gütige Engel der gestrauchelten Seelen meist im Büro saß und Auskunft geben konnte, wenn ich gefragt war. Man hatte ihn auch schon mal mit mir verwechselt und krankenhausreif geprügelt. – Jedenfalls ganz in der Nähe hatte besagter Lum, von dem ich manchmal den Eindruck hatte, dass es nichts gab, was ihm und seinen flinken Augen entging, seinen Standplatz. Er bekam von mir ein gesundes Trinkgeld dafür, dass er stets ein Auge darauf hatte, was um mein Büro herum vor sich ging. Und da ging eine ganze Menge vor sich, es war schließlich eine Hafengegend!

Als er mich jetzt am Gürtel zupfte, hielt ich ihm unauffällig mein Ohr hin, und er flüsterte mir zu: »Waren zwei. Auto japanisch. Corolla. AO 4571.«

»Haben sie eine Brandflasche geschmissen?«

Der Junge schüttelte heftig den Kopf, sodass ich den Eindruck hatte, seine etwas übergroß geratenen Segelohren wedelten mit der Bewegung.

»Nein, anders. Sie hatten eine Art Stange, die genau in den Auspuff des Rolls passte. Die schoben sie rein, dann fuhren sie wieder ab. Zwei Minuten später fing der Rolls von unten an zu glühen. Zuerst rot, dann beinahe hellgelb. Stand sofort in Flammen. Explodierte nicht. Brannte einfach aus. Mit einer Flamme, die für eine Zirkusvorstellung gereicht hätte. Bis zum Schluss. Da ging der Tank hoch. War aber nicht so schlimm. Und der Fahrer konnte nicht raus. War was mit der Tür. Als es knallte, saß der schon still da drin.«

Ich drücke ihm ein paar Zigaretten in die Hand.

»Die Kerle?«

»Schlipse und Jacketts. Keine Pennertypen. Aber sie bewegten sich nicht wie Gentlemen, wenn Sie begreifen, was ich meine. Eher wir guterzogene Ganoven.«

Ich begriff.

Der Feuerwehrbrigadier kratzte an dem verglühenden Wrack herum. Murmelte Unverständliches vor sich hin. Ich trat zu ihm, betrachtete den weißen Belag auf dem ausgeglühten Eisen, und dann sagte der Mann genau das, was ich dachte: »Sieht nach Thermit aus.«

Sie legten die Reste des Chauffeurs in die übliche Blechkiste, dann entschieden die Feuerwehrleute, dass dies kein gewöhnlicher Unfall gewesen sei, man also die Kriminalisten holen müsse.

Meine Havanna war erkaltet. Ich zündete sie nicht mehr neu an, warf sie weg und bedeutete Mr. Chia, dass es am besten wäre, wenn wir jetzt verschwänden und wenn er alle Fragen, die sein Auto betrafen, mit gewisser Verzögerung auf sich zukommen lassen würde. Er war einverstanden. Wir machten uns davon, nachdem ich dem kleinen Lum eingeschärft hatte, er solle bei Befragungen stets verneinen, dass ich in der Nähe der Brandstelle gewesen sei.

Mr. Chia saß erkennbar der Schock in den Gliedern, zumal ich ihn aufmerksam gemacht hatte, dass dies zweifelsfrei ein Anschlag auf ihn gewesen war. Einer, der ihn nicht gleich töten sollte. Man wollte ihm nur andeuten, auf was er sich einließ. Wer wollte das?

Dieser Überlegung hing er nach. Und er machte sich, wie ich merkte, Sorgen um seine persönliche Sicherheit, er bat mich nämlich, nachdem wir in meinem klapprigen Toyota am Hotel *Mandarin* angekommen waren, zu warten, bis er sein Zimmer aufgegeben hatte. Er hatte sich entschlossen, entgegen seiner ursprünglichen Absicht, sofort zum Haus seiner Familie auf dem Peak überzusiedeln. Seine Frau wohnte ohnehin schon dort samt ihrer Schwester. Und er meinte, er würde es schaffen, die Voraussetzungen für die Weiterführung seiner New Yorker Geschäfte dorthin zu verlagern. Fax und Fernschreiber ließen sich immerhin in ein paar Tagen anschließen. So fuhr ich mit ihm die Serpentinen aufwärts, bis er mich in einen unscheinbaren Seitenweg dirigierte, der am eisernen Tor der Behausung des Chia-Clans endete.

Für einen, der Rolls Royce zu fahren gewohnt war, schien er sich in meinem Auto recht wohl zu fühlen, er stieg nicht gleich aus, sondern fragte: »Was halten Sie von der Sache?«

Weil ich annahm, er meine die Probleme der Kommunikation mit seiner amerikanischen Bank, nannte ich ihm eine gute Firma, die innerhalb kürzester Frist die benötigten Anschlüsse herstellen würde, und ich machte ihn darauf aufmerksam, dass er ja auch die Anlagen benutzen könnte, die sich im Büro seiner Schwägerin Nancy Lee befanden, in der Connaught Road. Aber er winkte ab.

»Ich meine diese Geschichte mit meinem Vater. Wie stark gefährde ich mich nach Ihrer Meinung, wenn ich die Nachfolge anstrebe? Sie haben sich vorhin nicht weiter dazu geäußert …«

Ich hatte längst meine Überlegungen angestellt, und ich sah keinen Grund, sie ihm nicht zu sagen.

»Die Leute, die den Rolls gebraten haben, hatten nicht die Absicht, Sie zu töten, sie hätten das gekonnt, wenn sie gewollt hätten. Also will Ihnen jemand andeuten, Sie sollen sich aus allem heraushalten, was möglicherweise mit dem Amt Ihres Vaters zusammenhängt. Ich würde die Warnung ernst nehmen. Aber was Sie tun, das müssen Sie schon selbst entscheiden.«

»Ich will, dass der Zusammenhang zwischen dem Mord und den möglicherweise politischen Hintergründen aufgedeckt wird. So lange werde ich hier bleiben.«

»Kannten Sie die beiden anderen ermordeten Taipans persönlich?«

Er hatte von Tsen Haw und Chung Pang-tou gehört, ohne selbst mit ihnen bekannt zu sein. Ich riet ihm, sich in den nächsten Tagen einmal für ihre Nachfolger zu interessieren, das könnte aufschlussreich sein. Auch die Art, wie sie auf ihn reagierten. Bei mir formte sich langsam eine noch nicht sehr schlüssige, aber immerhin plausible Theorie: Weshalb waren die Positionen von Tsen Haw und Chung Pang-tou nach ihrem Tode von Personen besetzt worden, die aus dem Mutterland gekommen waren? Das gab mir zu denken, weil die Übernahme der Verwaltungsmacht durch die Pekinger, die uns in einigen Jahren bevorstand, eine ganze Menge von Erscheinungen auslöste, die man zuvor in der Kolonie nicht gekannt hatte. Letztlich war herausgekommen, dass die Pekinger bei der Entscheidung über den Bau des neuen Flughafens auf Lantau unauffällig das letzte Wort gehabt hatten. Die Erklärung war einfach, sie waren in den Entscheidungsgremien personell am stärksten mit

Sympathisanten vertreten, vielleicht waren es auch nur bezahlte Lobbyisten, jedenfalls gaben sie den Ausschlag. Erst zur Einstellung der Planungen, dann zum Entschluss über den Bau, allerdings nach ihren Vorstellungen. Wenn mich mein Instinkt nicht in die Irre lockte, dann lag hier irgendwo der Schlüssel zu diesen merkwürdigen Toden.

»Ich halte das für eine verfolgenswerte Spur«, meinte Chia junior vorsichtig. Es schien, als habe er nach dem Schock mit seinem Rolls nun langsam wieder zu einer gewissen Selbstsicherheit zurückgefunden, denn er erkundigte sich: »Kannten Sie die beiden Herren, die vor meinem Vater ermordet wurden?«

»Ihre Namen, mehr nicht.«

»Wir werden uns für die beiden Fälle interessieren müssen.«

Wir, sagte er. Ein interessantes Wort. Es hieß, dass er die Wahl seiner Schwägerin Nancy Lee, die mich engagiert hatte, nicht lediglich guthieß, er wollte mit mir zusammenarbeiten. Mir konnte das nur recht sein. Wenn ich nicht irrte, war Mr. Chia mehrfacher Millionär, und Zusammenarbeit mit Millionären, noch dazu, wenn die Millionen legal erworben sind, hat sich noch immer gelohnt!

Da kam schon seine nächste Frage: »Sie haben dieses Mädchen gesehen?«

Es lag keine nennenswerte Gefühlsbewegung in der Stimme. Reiche Chinesen machen um den Seitensprung aus dem ehelichen Käfig heraus oft erstaunlich wenig Aufhebens. Kleine Verfehlung. Lässliche Sünde, wie die Christen so etwas nennen.

»Ich sah ihre Leiche.«

»Anhaltspunkte?«

»Leider«, musste ich gestehen, »habe ich noch nichts daraus machen können. Aber ich bin auf der Spur. Ich pflege mein Honorar Dollar für Dollar zu verdienen ...«

Er ließ nicht erkennen, was er dachte. Der Schock war vorbei.

»Mir gibt zu denken, dass die Administration sich bei der Aufklärung so zurückhält. Das deutet auf politische Zusammenhänge, Mister Lim Tok, jedenfalls nach meiner Erfahrung. Verschaffen Sie uns ein Bild über diese Zusammenhänge, was immer es auch kostet. Meine Familie wird es zu schätzen wissen. Und was immer Sie brauchen, selbst Bestechungsgelder in großer Höhe – Sie bekommen es. Von mir.«

Damit verabschiedete er sich. Gab mir seine Haustelefonnummer und machte überhaupt plötzlich einen sehr entschlossenen Eindruck. Abgesehen davon, dass die Versicherung den ausgebrannten Rolls bezahlen würde, focht ihn ein solcher Verlust wohl doch weniger an, als es mir zunächst vorgekommen war. Der Mann hatte sich einfach umzugewöhnen: Aus Wallstreets behüteter Sicherheit war er in den Dschungel Hongkongs heimgekehrt.

Pipi hatte Abendessen fertig. Wenn es ihr gelang, die geeigneten Konserven ausfindig zu machen, zauberte sie relativ essbare Mahlzeiten daraus. Wir aßen italienische Cannelloni, dazu ein halbes Dutzend verschiedener Gemüse, die garantiert kein italienischer Koch kannte, tranken Rotwein dazu, weil das gerade in Mode war, wie Pipi meinte, und dann rollten wir uns auf die Matte, satt und zufrieden. Nur ich hatte immer wieder den Gedanken zwischendurch, dass die nächsten Tage im gleichen Maße mühsam und gefährlich werden konnten wie die vergangenen. Bis Pipi, die für geistige Abwesenheit meinerseits beim Spiel auf der Matte ein untrügliches Gespür hatte, sich empörte, ich solle gefälligst bei der Sache sein, sonst würde sie lieber ins *Excelsior* zurückgehen, dort habe sie heute schon ein Franzose sechsmal aufgefordert, ihm Literatur, alte chinesische, über das zu besorgen, was die Leute das Spiel von Wind und Regen nannten. – Sagen Sie selbst: Ist es unter diesen Umständen ratsam, mit der Dame des Herzens zu streiten? Oder sollte man lieber seine Kräfte zusammennehmen und der Spezies Mann Ehre erweisen? Ich tat Letzteres. Morgens bekam ich Spiegeleier, ein deutliches Zeichen, dass meine Bemühungen gewürdigt wurden.

7

Von der Jaffe Road im Herzen von Wanchai, der Gegend der Insel, die arglose Fremde so gern die »sündige Meile« nennen, weil sie nicht ahnen, dass die Mädchen drüben in Kowloon, in der Nathan Road, meist preiswerter, talentierter, allerdings auch sorgloser sind als auf der Insel – von dieser Jaffe Road gingen beiderseits ein paar Gassen ab, die ich noch aus meiner Kinderzeit kannte. Eine davon war die Bo Sen.

Nichts Aufregendes hier. Nicht einmal Mädchen. Ein paar Werkstätten von Schnitzern, die Holzbuddhas herstellen und in Dreck und Regen auf den Hinterhöfen altern lassen, damit sie als Antiquitäten gehen, daneben eine Lampionmacherei, um die herum es immer nach Leim stinkt, ein paar Vogelhändler, ein Uhrmacher und dann Darawan, die vielleicht unscheinbarste Person der ganzen Gasse.

Ursprünglich soll er aus Thailand gekommen sein, obwohl das nicht verbürgt ist. Ein kleiner, dürrer Mann mit Zwirnbärtchen und zentimeterdicken Brillengläsern, die er nur alle zwei Monate einmal putzt. Er betreibt eine Werkstatt, in der er von ein paar geschickten Malern Fabergé-Eier fälschen lässt, jene Dinger, auf die irgendein russischer Zar so scharf gewesen sein soll, dass er sie sammelte. Und die heute von allen Leuten gesammelt werden, die den russischen Tick haben, welcher sich geschäftsfördernd nutzen lässt, wie auch Darawan weiß.

Aber das war nicht sein einziges Handwerk. Er selbst kümmerte sich kaum noch um die bunten Eier, das lief von selbst, seitdem es in Paris einen Kerl gab, der jede Menge davon, mit was auch immer bemalt, als von den Kommunisten endlich herausgerückte Schätze der letzten Dynastie verscherbelte. Darawan saß in einem Raum, der etwas von einem Pissoir hatte, auch so roch, und übte die Tätigkeit des Tätowierens menschlicher Haut so virtuos aus, dass seine Adresse zu den Geheimtipps der Kolonie gehörte.

In der letzten Zeit hatte er im Laden noch ein großes Schild angebracht, auf dem stand, dass bei seiner Machart die Übertragung von Aids ausgeschlossen sei, und er hatte einen modernen Sterilisator angeschafft, in dem er die Nadeln ab und an desinfizierte. Früher war er einfacher verfahren, da hatte er die Nadeln in Spiritus gelegt.

»Wie sich die Welt modernisiere«, staunte ich, denn er trug sogar einen leidlich weißen Mantel.

Darawan blinzelte mich über seine dicken Brillengläser misstrauisch an, nachdem er mich durch sie hindurch nicht erkannt hatte, und dann wollte er wissen, ob ich inzwischen bei der Gesundheitspolizei gelandet sei.

Als ich ihm versicherte, dass ich auf eigene Rechnung arbeitete, gab er sich zufrieden. Erinnerte sich sogar daran, kürzlich meine Mutter gesehen zu haben.

Er bearbeitete gerade den Hintern eines japanischen Matrosen, genauer gesagt, die linke Backe, wohin der kleine Mann unbedingt eine rote Rose tätowiert haben wollte. Und während Darawan das Instrument leise summend über die Haut gleiten ließ, erkundigte ich mich, wie es der Anstand erforderte, zunächst nach seinem persönlichen Befinden, nach den Einnahmen, der Verwandtschaft und allen möglichen anderen Nichtigkeiten, bevor ich beiläufig die Frage nach der Lotosknospe stellte.

Ob er sie schon einmal gesehen hat und, wenn ja, was sie zu bedeuten hatte.

Wir konnten uns einigermaßen ungestört unterhalten, denn wir sprachen Hakka, und das versteht kaum ein Japaner, geschweige denn ein Matrose.

»Lotosblüte?« Darawan wischte sich mit dem Ärmel seines weißen Mantels den Schweiß von der Stirn. In der Bude herrschte eine wahre Affenhitze. Aber das war wohl beabsichtigt, vielleicht weichte der Schweiß die Haut auf, und die Tätowiernadel drang schmerzloser ein.

»Knospe«, korrigierte ich. »Geschlossen. Keine aufgesprungene Blüte. Der Zustand davor.«

Ich zeichnete sie ihm auf ein Stück herumliegendes Papier, in das Frühlingsröllchen von einem Straßenkoch eingewickelt gewesen waren, und ich schaffte es, dass sie der, die ich in der Leichenhalle gesehen hatte, ziemlich ähnlich war.

Nachdem Darawan sich das Meisterwerk besehen hatte, wurde er noch wortkarger als er ohnehin war, und das fiel mir sofort auf, obgleich er nach einer Weile brummte: »Nein, habe ich noch nicht gesehen. Ist keine besondere Leistung. Verglichen mit den Kunstwerken, die ich herstelle …«

»Soll ich warten, bis du Japans Arschbacke besiegt hast?«

»Ich bin gleich fertig«, gab er zurück. »Geh nach hinten, da steht der Primuskocher. Mach Tee.«

Ich folgte der Aufforderung, wenngleich ich meine Schwierigkeiten hatte, in dem Durcheinander aus Nudelpackungen, Trockenpilzen, Farbbüchsen und Bierdosen den Tee zu finden. Als das Wasser kochte, erhob sich draußen der Japaner gerade von der Behandlungspritsche und zog seine Hose hoch.

Darawan riet ihm, die nächste Nacht auf dem Bauch zu schlafen, dann zählte er das Honorar nach und gab sich zufrieden. Wenn es eine Eiterung gäbe, solle er zuerst zu ihm kommen, bevor er einen Arzt aufsuche, rief er dem Kunden nach. Dann erschien er in der Kombüse, in der ich im Stillen betete, dass der Primuskocher nicht doch noch explodierte, weil ich etwas falsch gemacht hatte an diesem Instrument, das den Herstellungsstempel der Jahrhundertwende trug.

»Nun zu dir, du ungeratener Sohn«, raunzte mich Darawan an. »Wo hast du dieses Zeichen gesehen?«

Ich erzählte es ihm, erwähnte aber nicht, dass die Dame bereits tot war.

Darawan schüttelte missbilligend den Kopf, kratzte sein strubbeliges Haar, und nachdem er einen Schluck Tee geschlürft hatte, grinste er mich an: »Wusste gar nicht, dass du so interessant bist für die Kerle vom Oberlauf des Flusses!«

Damit machte er mich hellwach. »Vom Oberlauf?«

Er blickte sich um, wie um sich zu vergewissern, dass inzwischen niemand den Laden betreten hatte und zuhörte, dann flüsterte er: »Da, wo du die Knospe gesehen hast, wird sie bloß von einer Sorte ausgesuchter Nutten getragen. Giftiger als Bananenschlangen. Lass die Finger von der Schlampe, was immer sie dir erzählt, sie lügt!«

»Du meinst, so eine Dame ist gefährlich?«

Er verzog die Mundwinkel. »Bist du wirklich so dumm, wie du dich anstellst? Oder willst du einen alten Mann aus Langeweile aufziehen?«

Ich versicherte ihm, dass es Dummheit war, und er ließ sich herbei, mir einigermaßen gesittet Auskunft zu geben.

»Die haben da drüben in Kanton eine Garnitur Weiber, die hetzen sie auf ausländische Besucher, immer, wenn sie ihre Industriemesse abhalten. Sind sozusagen Staatsfregatten. Stellen sich als ländliche Unschuld dar, die durch günstige Umstände gute Erziehung genossen hat. Muss ich dir noch mehr erklären?«

»Ja«, bat ich. »Was kann so ein Kätzchen in Hongkong suchen? Oder in Macao?«

»Einen Freier, du Schwachkopf? Oder denkst du, die kommt hierher, um Sojakeime einzukaufen? Die darf bloß ins Ausland, wenn sie geschickt wird. Und dann hat sie was zu erledigen.«

»Was beispielsweise?«

»Da musst du den *Guoanbu* fragen!«

Ich hatte seine Gutmütigkeit offenbar überstrapaziert.

Er tippte sich an die Stirn. »Was will eine Nutte schon? Mit jemandem auf die Matte!«

»Für den *Guoanbu?*«

Er schwieg. Überlegte. Über den *Guoanbu* zu reden war eine knifflige Sache. *Guoanbu* war die Abkürzung für »Guojia Antschuanbu«, und das war der Auslandsgeheimdienst Pekings.

Ich hatte das Gefühl, in ganz tiefes Wasser geraten zu sein. Trotzdem erkundigte ich mich nochmals: »Wie meinst du das mit diesem Mädchen? Viel Geld abstauben, von einem, der es nicht so genau zählt? Fürs Vaterland? Devisen? Ist es so einfach?«

Er knurrte: »Es ist überhaupt nicht einfach. Die mit der Knospe, das ist eine Liga für sich. Wissen nur wenige Leute davon. Wenn die Kerle vom *Guoanbu* erfahren, dass ich das Zeichen kenne, bin ich morgen ein toter Mann. Du auch.«

»Aber – um was geht es ihnen? Ich meine die Mädchen?«

Er fand zu seinem gewohnten Ernst zurück, zu seiner Freundlichkeit. Aber seine Auskünfte blieben trotzdem knapp.

»Meist sind das gezielte Sachen. Müsstest du als gewesener Polizist eigentlich wissen. Da soll einer reingelegt werden. Ist aus irgendeinem Grunde für die Kerle interessant. Wird fotografiert, während er dem Mädchen den Hintern küsst, und dann wird ihm angedeutet, man könnte das seiner Frau zeigen, so in der Art. Oder muss ich dir wirklich buchstabieren, was man mit einer fest gebuchten Nutte anfangen kann?«

Das brauchte er nicht, und ich sagte es ihm. Ich hatte begriffen. Langsam wurden die Zusammenhänge klarer. Und für mich die Cleverness erklärbarer, mit der die Leute etwa herausfanden, dass ich engagiert war und dass der Rolls von Chia in Aberdeen stand. Gute Organisation. Was aber war der Auslöser gewesen, Chia senior zu killen? Das herauszufinden war ich engagiert. Wurde dafür bezahlt.

»Keine Kätzchen, die aus einer Laune heraus mit einem

Herrn abzischen, um ihm später die Lappen aus der Börse zu ziehen, wie?«

»Du erfasst Dinge spät, aber du solltest nicht aufgeben«, riet mir Darawan ironisch, »du hast gute Anlagen im Kopf.« Ich erzählte ihm nicht, dass in letzter Zeit drei ältere Herren, die man gut und gern Taipans nennen konnte, einflussreiche Macher, sehr unfreiwillig in das gebissen hatten, was Europäer so prosaisch Gras nannten.

Hatten die beiden bisher noch nicht aufgefundenen Damen tatsächlich dasselbe Zeichen eintätowiert gehabt? Keine Chance mehr, das herauszufinden. Oder doch?

Darawan hatte mich auf die vielleicht entscheidende Spur gebracht. Wenn der von ihm angedeutete Zusammenhang stimmte, dann ließ sich auch erklären, weshalb die Behörden sich so zurückhielten: Wer legt sich schon gern mit dem *Guoanbu* an?

Der Meistertätowierer nahm meinen Dank mit der Würde eines Bangkoker Großindustriellen entgegen, der monatlich fünf Millionen in Dollar durch Waffenverkäufe an die Roten Khmer verdient, von denen das Finanzamt nichts ahnt. Andererseits vergaß er auch nicht, mir aufzutragen, die beste Art, meinen Dank abzustatten, sei, ihm ein paar reiche Kunden zu schicken, die seine Fabergé-Eier kauften. Am besten Franzosen, die hätten es gerüchteweise damit ganz heftig. An der Tätowiererei sei ja nicht viel zu verdienen. Wo sollte ich, um Himmels willen, französische Käufer für bemalte Holzeier auftreiben, wie sie angeblich von russischen Herrschern ihren Kurtisanen geschenkt worden waren, wenn es stimmte, was an Geschichten darüber verbreitet wurde! Ich würde genug zu tun haben, mich unter den Kurtisanen einflussreicher chinesischer Taipans umzusehen. Besser gesagt, auf ihren Oberschenkeln, im Hinblick auf Lotosknospen. Tätowierte. Deshalb beließ ich es dabei, dass ich Darawan versprach, im nächsten Tempel erst einmal eine Handvoll Räucherstäbchen für ihn anzubrennen.

Er quittierte es mit einem säuerlichen Grinsen hinter seinen dicken Brillengläsern und brummte nur zum Abschied: »Halt die Klappe über den *Guoanbu!*«

Das versprach ich ihm, und ich war noch nie so ehrlich bei einem Versprechen gewesen.

8

Bobby Hsiang war schwer zu erreichen. In Kowloon hatte es einen Amokläufer gegeben, der mit einem aus einer Antiquitätenbude gestohlenen Samuraischwert drei Leute geköpft hatte. Als ich endlich in Sun Su's Nudelhaus mit Bobby vor einer Schüssel Chiao Tse saß, die wir in Sun Su's Spezialsoße aus Pilzsoja und Chili getaucht aßen, wie wir sie schon als Polizisten manchmal in der Mittagspause heruntergeschlungen hatten, schüttelte er sich, als fröre ihn, und er brummte zwischen zwei der gefüllten Teigtaschen: »Widerlich, diese abgeschlagenen Köpfe. Der Kerl hat zugehauen wie ein Holzfäller.«

»Eifersucht?«, wollte ich wissen.

Er verneinte das. »Es waren unbekannte Leute. Er traf sie rein zufällig auf der Straße, als er aus dem Café *Silverbird* losrannte. wusste überhaupt nicht mehr, dass er was angerichtet hatte. Ihm wäre übel geworden, eigentlich habe er auf die Toilette gewollt.«

»Vielleicht hat es ihn aufgeregt, dass die besetzt war!«

»Du bist ein zynischer Bastard«, versicherte Bobby mir. »Merkst du nicht, wie die Gewalt zunimmt? Früher haben wir über zwei Morde am Tag schon geseufzt, heute hören wir kaum noch hin, wenn jemand sich bedroht fühlt. Es geht da etwas vor, um uns herum, überall, ich weiß nur nicht, was …«

»Vielleicht weißt du was Neues von unseren drei toten Tycoons?«, stocherte ich ihn an.

Aber Bobby schüttelte den Kopf und bedauerte: »Nicht mal über den samt Chauffeur abgebrannten Rolls gibt's was. Außer dass er von einer teuren Agentur gemietet worden war. Und die Laborfuzzis haben bestätigt, es ist Thermit gewesen. Profis. Bist du weiter?«

Das konnte ich mit gutem Gewissen einem Freund gegenüber nicht verneinen, und so zögerte ich.

Bobby meinte kauend: »Da wird nicht viel zu holen sein in dieser Sache. Bei uns ist sie so gut wie auf Eis. Behördlicherseits kein ausgeprägtes Interesse, den Spruch kennst du ja! Dir muss ich nicht buchstabieren, was das heißt, bei drei Tycoons, von denen jeder sich den Polizeichef zum Höchstpreis hätte kaufen können. Samt Büro.«

Das brauchte er mir nun wirklich nicht zu buchstabieren, ich wusste ja, dass vermutlich nicht jemand mit mehr Geld dahintersteckte, sondern eine Truppe, die gefährlicher war als die Triaden bei uns. Deshalb murmelte ich nur: »Es geht das Gerücht um, dass dieser Jemand, der den Polizeichef hätte aus der Portokasse kaufen können, ein besonderes Interesse daran hat, Posten in der Wirtschaft der Kolonie mit neuen Leuten zu besetzen. Das Gerücht stammt aus Polizeikreisen …«

Als er mich wütend anblitzte, griff ich nach dem Zettel mit der Nummer des Autos, die Lum in Aberdeen notiert hatte, in der Nähe des Rolls.

Bobby drehte den Zettel in der Hand, dann steckte er ihn ein und knurrte: »Ich rufe dich an. Zwei Mann, sagst du?«

»Mein Informant beschreibt sie als Männer in den besten Jahren, gut gekleidet, aber keine gelernten Gentlemen.«

Das überraschte ihn nicht. Er riet mir nur, nachdem ich

ihn noch einmal auf das Interesse der kommenden Herren Hongkongs hinwies, mir rechtzeitig einen der vorderen Plätze zu sichern: »Musst immer daran denken, dass die in ein paar Jahren über deine Lizenz entscheiden. Es sei denn, du gehst auf die Bahamas. Soll ja sehr in sein, höre ich.«

Die Chiao Tse verliehen mir noch das Gefühl zufriedener Sattheit, ein Zustand, den ein Chinese für gewöhnlich in Ruhestellung genießt, während ich zu Banker Chia aus New York fuhr, in das Familienanwesen am Peak.

Es gelang mir trotzdem, die Serpentinen einigermaßen zu meistern, und ich war froh, dass ich außer dem Banker auch Pamela Chia, seine Gattin, antraf, der ich kondolierte, wie das unter erzogenen Leuten üblich war, worauf sie ein paar frische Tränen wegwischte und sich verkrümelte.

Zurück blieb in dem sympathisch modern eingerichteten Salon, von dem Türen auf eine Terrasse führten, Banker Chia, der mir, nachdem seine Frau verschwunden war, andeutete, ich solle doch der alten Dame meine Ehrerbietung erweisen, der Witwe des Taipans, die sich seit dem Tod ihres Gatten noch mehr als zuvor schon zurückgezogen hatte. Eine Formalität, die ich selbstverständlich erfüllte, ich kannte die Dame ja vom Friedhof her und sie mich hoffentlich auch. Ich fand sie in einem Rattanschaukelstuhl auf der Terrasse, wo sie versonnen auf die tiefer gelegenen Parks der Villen hinabblickte. Eine freundliche alte Dame, die mir ohne Tränen dankte, dass ich das Verbrechen aufklären wollte, dem ihr Gemahl zum Opfer gefallen war, und die mich an meine Mutter erinnerte, als sie mir mit ihrer leisen Stimme riet, mich dabei nicht unnötig in Gefahr zu bringen.

Dasselbe hätte ich eigentlich Banker Chia raten müssen. Aber wenn wir in der Sache weiterkommen wollten, wenn mein Plan zur Aufklärung Gestalt annehmen sollte, dann war das nicht gut möglich. Banker Chia musste da mithelfen. Und das zu tun konnte ihn nicht nur in Gefahr bringen, es würde unter Umständen seinen Ruf ernsthaft schädigen. Deshalb fragte ich erst einmal vorsichtig an, ob er sich sozusagen als Leimrute zur Verfügung stellen würde.

»Wenn es anders nicht geht, bin ich dazu bereit.«

Er machte also mit. Das erleichterte es mir, unseren Gegenspieler zu provozieren. Ein Schuss in Macao und die Sache mit dem Rolls – das waren nur Warnzeichen gewesen. Der Trick bestand darin, dass wir den Spieß umdrehten. Selbst Provokationen einfädelten. Nur auf diese Weise erhielten wir wohl die Chance, Personen der anderen Seite aus der Anonymität herauszulocken.

»Ganz Ihrer Meinung«, bestätigte Chia. »Und was sollte ich tun?«

»Dem in Aussicht genommenen Nachfolger Ihres Vaters weismachen, Sie seien nicht nur entschlossen, die Position Ihres Vaters zu übernehmen, sondern auch bereit, seinen Tod zu rächen. Ihm aber Hoffnung machen, dass er Ihr Nachfolger wird, falls es Umstände geben sollte, die Sie umstimmen.«

Er hob den Kopf und sah mich mit einem seltsamen Blick an. »Man könnte Sie für einen Freund des russischen Roulettes halten.«

Ich spielte überhaupt nicht, aber ich grinste ihn an: »Wer Ratten fangen will, muss Fallen aufstellen.«

»Mit mir als Köder, wie?« Er schien das nicht todernst

zu nehmen, eher mit einer gewissen Belustigung. Er ging zu einem Schränkchen, in dem eine Garnitur Whiskyflaschen stand und erkundigte sich: »Scotch?«

»Nicht vor Sonnenuntergang«, entschied ich. Es gab heute noch viel zu tun, da war ein klarer Kopf von Vorteil. »Im Übrigen werden wir uns das Risiko teilen.«

»Ich wollte gerade fragen, womit Sie eigentlich selbst Ihr Honorar zu verdienen gedenken!«

Ich sagte es ihm: »Ich werde mich um die Gattung Damen kümmern, die bisher drei ehrenwerte Männer von hohem Einfluss um die Ecke gebracht haben.«

Er war der Meinung, das sei der angenehmere Teil der Arbeit, was ich vorsichtshalber nicht kommentierte.

Außerdem wusste ich, dass ich an die Sorte Damen, die da im Spiel waren, auch erst kommen würde, wenn Chia sie wie eine Blume die Bienen anzog. Alles, was ich vorher leistete, würde Vorarbeit sein. Aber das musste ich nicht unbedingt mit ihm bereden. Dafür gab es Wichtigeres: Mr. Hung Teh aufscheuchen, den Mann, der Chia seniors Nachfolge hatte antreten sollen. Ihn und jene, von denen ich glaubte, dass sie hinter ihm standen, zum Handeln provozieren, sie aus der Reserve locken.

Weiter plante ich vorerst nicht. Es dauerte ohnehin eine ganze Zeit, bis ich Chia so weit hatte, dass er mitmachte. Und dass er wenigstens ungefähr dem Programm folgte, das ich ihm vorschlug, während er noch zweimal Scotch nachgoss, war schon ein Fortschritt.

Zuletzt, als wir uns über das weitere Vorgehen einig waren, trank ich doch noch einen Finger hoch Whisky mit ihm. Und dabei verriet er mir: »Ich habe, während

Sie bei mir waren, durch einen unserer Angestellten Ihren Wagen bewachen lassen, damit sich nicht ein Unglück wie bei meinem Rolls wiederholt.«

Er überraschte mich mit seinen Fähigkeiten, in den Kategorien seiner Gegenspieler zu denken. Banker trainierten das wohl. »Danke«, sagte ich.

Er fügte gelassen an: »Soeben treffen zwei Herren aus New York City hier ein. Sie werden ein Auge auf mich haben. Ständig. Fachleute, auf die Verlass ist.«

Dabei lächelte er, als ob er gerade dabei wäre, mir die 64 000-Dollar-Frage zu beantworten.

Erläuterungen bedurfte es nicht. Wir waren hinreichend darüber orientiert, dass sich unter den im Ausland lebenden Chinesen, besonders in Amerika, die so genannten Tongs gebildet hatten, die sich, bescheiden, wie der Chinese nun einmal ist, Selbstschutzgruppen nannten, die allerdings nichts weiter waren, als der verlängerte Arm unserer oder in Rotchina operierende Triaden.

»Respekt«, bemerkte ich. »Sie reagieren schnell, Sir.«

Er nickte zufrieden. Und plötzlich wirkte er gar nicht mehr wie der harmlose Banker mit dem Aktenkoffer, der nicht weiß, wo bei einer Kanone vorn und hinten ist.

Sein Lächeln war eiskalt, als er mir verriet: »Ich finde es sehr richtig, dass wir angreifen. Sie können sich auf mich verlassen, ich werde meine Rolle so spielen, dass wir Erfolg haben.«

Am selben Tag traf seine forsche Voraussage nicht mehr ein. Dafür überstürzten sich ein paar Dinge. Zuerst ließ Mrs. Nancy Lee, die ich anrief, um ihr zu berichten, dass ich mitten in Erfolg versprechender Arbeit steckte, mich wissen, dass ich mit einem Mann sprechen könne, der mir eine interessante Mitteilung machen würde. Er sei im letzten Lagerschuppen am Gewerbekai von To Kwa Wan anzutreffen, drüben in Kowloon, nicht weit vom Flughafen entfernt. Man würde mich übrigens dort erwarten.

Wer das sei, fragte ich. Sie sagte, es sei ein ehemaliger Angestellter ihres Büros. Ich erinnerte mich vage daran, dass ich bei meinem Besuch dort etwas von Immobilien gelesen hatte. Weil die Telefone in der Kolonie ziemlich geschwätzig waren, unterließ ich weitere Fragen und machte mich auf den Weg nach To Kwa Wan.

Den üblichen Stau im Tunnel ahnte ich, also scherte ich rechtzeitig in Richtung North Point aus und nutzte die Pause, um Bobby Hsiang anzurufen. Er war unterwegs, aber das Mädchen in der Vermittlung hatte Order, mich mit seinem Wagen zu verbinden, und ich erwischte ihn irgendwo in Victoria, wo er eine Leiche suchte, die jemand gesehen hatte, nun aber verschwunden war.

Ich kam gerade noch dazu, ihm viel Glück zu wünschen, dann teilte er mir kurz angebunden mit: »Deinen Corolla AO 4571 kannst du vergessen. Gehört einem englischen Beamten ohne die geringste Akte. War seit dem Vormittag als gestohlen gemeldet. Ist in Victoria wieder aufgetaucht. Unbeschädigt. Keine Fingerabdrücke, falls du darauf spekulierst. Sag mir Bescheid, wenn du wieder mal in Gesellschaft essen willst.«

Es war mir nicht einmal mehr möglich, ihm die Pocken ins Gesicht zu wünschen, so schnell legte er auf.

9

In To Kwa Wan war ich lange nicht gewesen, aber ich hatte trotzdem keine Schwierigkeiten, den Gewerbekai zu finden. Eine Menge kleiner Wasserfahrzeuge legt hier Tag und Nacht an, mit Rohmaterial für die unzähligen Hinterhoffabriken, die es in Kowloon gibt und die alles mögliche herstellen: Spielzeug, Taschenradios, Uhren, Papierblumen, Schlipse, Blechschmuck, aber auch Reisnudeln und Würzpulver, Soßen und eingelegte Pilze.

Die beiden jungen Kerle, die an die Tür des letzten Lagerschuppens gelehnt standen, machten einen überraschend zivilisierten Eindruck. Ich hielt sie nicht für Schlägertypen, zumal sie ganz ordentliche Anzüge und helle Hemden mit Krawatten trugen und ihre Schuhe geputzt waren. Sie mussten mich kennen, denn sie begrüßten mich mit meinem Namen. Erst als ich die kleine Packkammer im Schuppen betrat, wo sonst wohl der Büromensch saß und in Frachtpapieren wühlte, wurde mir klar, wie sehr ich mich wieder einmal geirrt hatte.

Auf dem Boden lag ein flüchtiger Bekannter: Jener gepflegte Herr mit dem etwas pomadigen, jetzt ziemlich unordentlich wirkenden Haar, dem ich im Vorzimmer von Mrs. Lees Büro in der Connaught Road begegnet war. Als Brylcream-Reklamefigur wäre er nicht mehr zu verwenden gewesen, er war unwiderruflich tot, ohne dass man erkennen konnte, was diesen Zustand herbeigeführt hatte.

Ich erkundigte mich bei den beiden Burschen: »Was soll ich mit einer Leiche?«

Der etwas ältere gab zurück: »Tut uns sehr leid, Mister Lim Tok. So war das nicht vorgesehen. Unglücklicherweise machte der Herr einen Fluchtversuch, und dann erwies sich seine Wirbelsäule als etwas brüchig. Wir hatten mehr Festigkeit vorausgesetzt ...«

Und wie um die Entschuldigung formgerecht abzurunden, verbeugte er sich leicht und fügte an: »Ich bin Benny, mein Freund heißt Bui.«

»Das rührt mich zutiefst. Lieber wäre mir gewesen, das zu hören, was der Herr zu sagen hatte!« Ich deutete auf den Toten mit der Brillantine im Haar.

Benny, der Wortführer, griff lächelnd in die Innentasche seines Jacketts, brachte einen Perlcorder zum Vorschein und hielt ihn mir hin.

»Da ist alles drauf, was er überhaupt zu sagen wusste. Es war ein Einfall von Mrs. Lee, die Aufzeichnung zu machen.«

Die Spule war halbvoll. Ich ließ sie zurücklaufen, hörte mir den Anfang an, und dann steckte ich das Ding ein. Schade, dass der Mann nicht mehr lebte. Aber vielleicht gab das Band ja etwas her, wenn ich es mir in Ruhe anhörte.

»Sie werden uns in den nächsten Tagen öfter sehen«, versprach Benny mir, als ich mich verabschiedete. »Bitte beachten Sie uns nicht. Wir spielen ein bisschen Schatten bei Ihnen und dem Herrn Banker ...«

Vom *Guoanbu* sagte die Stimme auf dem Band des Diktiergerätes nichts.

Ich erfuhr, als ich es, in meinem Toyota sitzend, auf einem Parkplatz in der Nähe der Tunneleinfahrt auf der Kowloon-Seite abhörte, wie der Vorzimmersekretär von Mrs. Lee hieß, dass er vor einem Jahrzehnt aus Nanning, drüben im roten Mutterland, nach Kanton getrampt und dort aufgegriffen worden war. Seine Absicht, heimlich nach Hongkong zu emigrieren, war erkannt worden. Man hatte ihn aber nicht gehindert, sondern lediglich verpflichtet, zu gegebener Zeit dem Mutterland einen kleinen Gefallen zu tun. Das hatte er versprochen. Und damit er sein Versprechen nicht vergaß, erschienen in gewissen Abständen bei ihm Abgesandte des Mutterlandes, die in Hongkong residierten. Durch einen Tipp von ihnen wurde er auch aufmerksam, dass eine Immobilienfirma einen Büroleiter suchte. So gelangte der ehemalige Buchhalter einer genossenschaftlichen Zuckerrohrpresserei ins Vorzimmer von Mrs. Lee, und von hier aus berichtete er seinen Landsleuten seitdem über so ziemlich alles, was über ihren Schreibtisch ging, vor allem über das, was ihr Vater, der Chef der Triade »Weißer Mohn«, an Geschäften über seine Tochter abwickelte. Mrs. Lee hatte offenbar, nachdem sie von dem Überfall auf mich in Macao erfahren hatte, Verdacht geschöpft und ihn überführt.

Er flennte ziemlich laut, während er seine Misere berichtete. Ab und zu, wenn er zögerte, klatschte es ein paar Mal, und darauf wurde er wieder sehr gesprächig.

Wer seine Auftraggeber sind, wisse er selbst nicht ganz genau. Aber sie seien mit vielen Möglichkeiten ausgestattet. Geld habe er auch bekommen. Und – ja, dass dieser Privatdetektiv in Macao Ermittlungen wegen des Todes von Mr. Chia senior anstellen wollte, habe er berichtet. Auch, dass seine Chefin sich am Telefon mit ihrer Schwester in New York wegen der Beisetzung des Schwiegervaters unterhalten habe.

Ich brannte mir eine Zigarette an, ließ das Seitenfenster zur Hälfte herunterfahren, und dann überlegte ich eine Weile, während ich rauchte. Der tote Bürohengst hatte an einer einzigen Stelle der nicht sehr fachmännisch geführten Vernehmung beinahe beiläufig eine Bemerkung über ein Lokal gemacht, in dem er sich zu vereinbarten Zeiten mit seinen Heimatfreunden traf, um zu berichten.

»Kennst du den *Besoffenen Gecko?*«, fragte ich Pipi, bei der ich gegen Mittag im Hotel vorbeischaute. Es war die Zeit der Flaute, wenn die Gäste im Restaurant mit zähen Steaks beschäftigt waren oder im Grill Room, wo man das gleiche Fleisch etwas schärfer gebraten bekam. So hatten wir Ruhe, uns am Tresen der Rezeption zu unterhalten.

Sie griff in ein Fach und brachte eine Liste zum Vorschein, auf der sie mühelos den *Besoffenen Gecko* fand. Sie las ab: »*Stoned Gecko.* Liegt in Kowloon drüben. Südzipfel. Tsim Sha Tsui. Middle Road. Etwa zwischen Hotel *Merlin* und Hotel *Peninsula.* Bequeme Verbindung von Victoria her. Station Admirality einsteigen, Station Tsim Sha Tsui aussteigen …«

Ein Japaner wollte wissen, wo die Dauerwellen gemacht würden. Pipi sagte ihm, wo der Salon lag. Sie wusste auch, dass seine Frau dort noch etwa eine Stunde zu tun haben würde. Der Japaner verbeugte sich, bis sein Kopf in Höhe der Theke war.

»Du könntest auch Fremdenführerin werden«, lobte ich Pipi. Aber sie ging nicht darauf ein. Hielt mir die Liste hin und tippte auf drei Kreuze, die hinter der Eintragung über den *Stoned Gecko* angebracht waren.

»Das heißt Kneipe mit Essen von schlechter Qualität und mit schlechter Bedienung und, dass Mädchen von der Straße reinkommen und Gäste anmachen. Und da willst du hin, he?«

Es gelang mir noch, sie zu beruhigen, bevor sie das restliche Hotelpersonal zusammenplärrte. Zum Schluss sah es so aus, als ob sie mich tatsächlich wegen meines anstrengenden Berufs bedauerte. Sie wies auf einen wie zufällig hinter den Kreuzen befindlichen Punkt und flüsterte: »Das heißt, es verkehren Rote dort. Aus dem Mutterland. Und zwar nicht die Gentlemen von der Bank of China, mit den eleganten Anzügen in Bordeaux und den kunstgewerblichen Krawatten, sondern die kleinen Beißer. Also sieh dich vor!«

Gut, dass ich bei ihr hineingeschaut hatte. Zusammen mit dem, was der Sekretär von Mrs. Lee aufs Band gebetet hatte, bevor er das Zeitliche segnete, verstärkte das meine Neugier auf das Lokal. Aber ich würde wenigstens meinen Revolver einstecken, das nahm ich mir vor.

10

Vorgestellt hatte ich mir eine dieser verqualmten Spelunken, an denen Kowloon, besonders seine Gassenviertel, keinen Mangel hatten.

Aber ich wurde überrascht. Der *Stoned Gecko* war ein geräumiges, sauber gehaltenes Lokal, gut beleuchtet, klimatisiert, und die Sitten waren keineswegs offensichtlich rau. Es gab eine kleine Bühne, auf der eine Kapelle in erträglicher Lautstärke Musik machte, eine Sängerin piepste die üblichen Schlager. Die Bar wurde von zwei Blondinen gemanagt, die ihre gelifteten Knautschzonen zwar freimütig zur Schau stellten, es aber gerade noch vermeiden konnten, obszön zu wirken. Hinter ihnen wurde gelegentlich ein Chinese sichtbar, der einen giftgrünen Schlips auf seinem weißen Hemd trug und der nicht gerade wie Al Capone aussah, eher wie Robert Redford, wenn der chinesische Eltern gehabt hätte.

Das Publikum bestand aus Einheimischen. Eigenartig, aber wir erkennen Touristen auf den ersten Blick, selbst wenn sie mal nicht fotografieren. Wohingegen wir bei der Unterscheidung von Einheimischen und Leuten aus dem Mutterland langsam Schwierigkeiten bekommen, seit es in den an Hongkong grenzenden Gebieten, nicht nur in Shenzhen, sondern auch in Kanton und Umgebung, zum modischen Ton gehört, sich zu kleiden, zu schminken, zu benehmen wie in der Kolonie. Und einen von einem Shanghaier Schneider gefertigten Anzug von einem aus dem Wing On zu unterscheiden war ohnehin kaum möglich – Kenner behaupteten, die jenseits des Drahtzaunes hätten sowieso die besseren Schneider. Trotzdem, wenn man genau hinhörte, auch hier im *Stoned Gecko,* konnte man an verschiedenen Dialekten erkennen, auch daran, wie jemand bestimmte kantonesische Wendungen benutzte, dass ein Teil der Gäste von drüben kam. Meine 41er Magnum, die ich vorsichtshalber im Hosenbund trug, drückte etwas. Eine 41er Police ist nicht gerade unscheinbar. Und so hatte ich gewisse Schwierigkeiten, mich auf die Bartheke zu lümmeln, ich musste ganz gerade sitzen, sonst piekste mich der Lauf in die Problemzone des Bauches, wie man das als Gentleman bezeichnet.

Vermutlich hielten die Blondinen mich deshalb für einen Bankangestellten, was sie aber nicht hinderte, mich so freundlich anzustrahlen, als wäre ich gekommen, um entweder mein Heiratsversprechen einzulösen oder den ganzen Laden zu kaufen und sie bei doppeltem Gehalt weiterzubeschäftigen.

»Hallo, Mister«, begrüßte mich die massiver gebaute von ihnen, die an meiner Seite der Bar bediente. Sie hatte Schultern wie ein Schrank und Muskeln wie ein japanischer Ringer. Amerikanerin dem Akzent nach. Irgendwo musste ich anfangen, warum also nicht bei ihr? Sie guckte verträglich.

Ich scherzte: »Hi, Darling, ich verdurste. Limonade bitte, gelb!«

Sie blickte mich an wie ein Europäer einen dieser verrückten Malaien, die sich an Feiertagen Hutnadeln durch die Backen stoßen.

»Gesundheitstrip, wie?«

»Du sagst es, Darling. Whisky spielt auf meiner Leber Balalaika. Ich bin gegen Russisches, also sei so lieb, ja?«

»Ist das eine russische Schweinerei, diese Balalaika?«

Ich konnte das nur teilweise dementieren. Sagte, es sei das Lieblingsinstrument des Moskauer Oberhäuptlings.

»Das ist der mit der roten Blase auf dem Rettich, ja?«

Sie war definitiv Amerikanerin. Das war auch eine der neuen Moden, die sich gutbetuchte Chinesen seit einiger Zeit angewöhnt hatten – Leute aus dem vorgeblich reichsten Land der Welt als Angestellte zu beschäftigen.

Ich bestätigte ihre Vermutung: »Sehr richtig, Blondi, der mit dem Tintenklecks. Das mit der Limonade ist übrigens ernst gemeint, ich bin pervers und stolz darauf.«

Sie nickte verständnisvoll. Eine Frau, die so gut wie nichts mehr aus dem inneren Gleichgewicht bringen konnte.

Während sie unter dem Tresen wühlte, vermutlich weil die letzte Flasche uralter 7up in der hintersten Ecke stand, bemerkte sie gleichgültig: »Kein Grund, sich zu schämen, Mister. Gestern hatte ich einen Gast, der brachte sein eigenes Glas mit. So ein Ding, in das die Männer im Krankenhaus ihr Wasser abschlagen. Schon mal gesehen?«

»Ich erinnere mich.«

Es war der Tonfall, der es mir leicht machte, mit ihr ins Gespräch zu kommen. Barfrauen sind eine Kaste für sich. Hören sich den ganzen Abend entweder unanständige Vorschläge oder gequirlte Trübsal von ihren Kunden an. Müssen zu beidem lächeln. Verständnis zeigen. Für Urinflasche gestern. Für 7up heute. Und niemand darf auch nur auf den Schimmer der Idee kommen, er sei nicht der Einzige im ganzen Lokal, der von der Dame todernst genommen, bedauernswert gefunden oder bewundert wird.

Sie fand schließlich eine Flasche 7up, zog sie auf und stellte mir ein Glas hin. Goss ein. Pokerface.

Ich fand, das sei der rechte Augenblick. Ein anderer hätte ihr vielleicht jetzt vorgeschlagen, nach der Arbeit mit der Schmetterlingssammlung auf sie zu warten. Ich hielt ihr das Foto der toten Lotosknospe hin und fragte: »Schon mal hier gewesen?«

»Warum?« Es kam total gleichmütig.

»War meine große Liebe. Herzensfrage.«

»Durchgegangen?«

»Sehen Sie nicht, dass sie tot ist?«

»Nein«, gab sie mit entwaffnender Gleichgültigkeit zurück. »Und wenn das so ist – warum suchen Sie sie dann noch?«

Sie brannte sich eine Zigarette an, die ich spendierte, blickte mich durch eine Qualmwolke neugierig an und belehrte mich: »Das hier ist kein Friedhof. Wir sind eine Kneipe, die an reinrassige Amerikanerinnen nicht einen Cent mehr Lohn zahlt als an einheimische Lotosblüten. Obwohl wir zwei Amerikanerinnen die meisten Gäste zum Saufen anmachen. Die chinesischen Nadelstreifenpenner fühlen sich nämlich wie die Herren der Welt, wenn sie von echten Blondinen aus New York City bedient werden. Die Kleine da auf dem Bild hat in unserer Bude ihren Familientempel angeboten. Angeblich zur Erstbegehung. Ist aber schon eine Weile her …«

»Was!« Ich verschluckte mich an meiner Limonade.

Als es mir wieder besser ging, hörte ich die Blondine sagen: »Heißt Poo Lin, wenn ich mich recht erinnere. Hieß.«

»Kellnerin?«

Sie verzog das Gesicht. Es hatte ein paar mehr Falten, als ihm bekömmlich waren.

»Hostess. Nie was von dem Beruf gehört? Kommt mit einem Intelligenzquotienten aus, der etwa der Schuhnummer entspricht.«

Als ich mich ein wenig über meinen unerwartet schnellen Erfolg beruhigt hatte, erkundigte ich mich vorsichtig nach der Adresse. Und just in diesem Augenblick tauchte hinter der Theke der Robert Redford made in China auf, der mit dem grünen Schlips auf dem weißen Hemd. Ich spürte sofort, dass er nicht ungefährlich war, als er sich an die Blondine wandte.

»Gibt es ein Problem, Peggy?«

Die blonde Dynamitladung gab mürrisch zurück: »Der Herr sucht Poo Lin. Da sie Ihre Freundin war, nicht meine, können Sie das Gespräch weiterführen!«

Er schätzte mich mit einem kühlen Blick ab, wurde aber sofort wieder sehr verbindlich, als er mich fragte: »Miss Poo Lin? Sind Sie ein Verwandter?«

Ich beschloss, ihn zu provozieren: »Schlecht möglich, mein Geburtsort liegt diesseits des Zaunes. Aber sie interessiert mich. Sie kannten sie näher?«

Er zögerte. »Man könnte das so sagen, ja.«

Hinter ihm, eine Flasche Martini in der Hand, lachte Miss Peggy laut auf. Der mit dem grünen Schlips nahm es stirnrunzelnd zur Kenntnis. Dann verwandelte sich sein Gesicht in eine dieser widerlich freundlichen Masken, die mich hätte warnen sollen, aber ich wurde dadurch abgelenkt, dass er mir die Hand hinhielt und sich vorstellte: »Ich bin Jim Cheeung. Wollen wir uns in meinem Büro unterhalten?«

Ich gab zurück: »Ich bin Lim Tok. Wir können.«

Er hatte nach dem Telefonhörer gegriffen und einen Knopf gedrückt. Sagte in die Muschel: »Würden Sie bitte mein Büro aufschließen, ich habe einen Besucher. Keine Störungen.« Zu mir gewandt, empfahl er: »Nehmen Sie lieber Ihre Limonade mit. Ich habe diverse Getränke in meinem Privatschrank, aber so was …«

Er lächelte verlegen. Also nahm ich das Glas. Ich hätte lieber die 41er Magnum aus dem Hosenbund ziehen und in die Hand nehmen sollen. Aber man macht eben immer wieder solche Fehler.

Er ging voraus. Neben dem Gang, der zu den Toiletten, wohl auch zu den Wirtschaftsräumen führte, öffnete er eine Tür mit dem Messingschild »Office« und komplimentierte mich in einen Salon, in dem es, wie um den Schein zu wahren, auch einen Schreibtisch gab, mit dem üblichen Computer auf der einen Ecke.

»Wir können uns hier in aller Ruhe unterhalten, Mister …«, hörte ich ihn noch sagen, als er mich an sich vorbeigehen ließ. Dann klappte die Tür zu. Und unmittelbar danach fiel mir so etwas wie ein Meteorit auf den Schädel. Eins von diesen Dingern, die aus dem Nichts kommen und mit Weltraumwucht auftreffen, die aber nicht hart sind und keine scharfen Kanten haben. Ein Gummimeteorit.

Mr. Jim Cheeung fing mich auf. Setzte mich in einen Sessel und zog dabei geschickt meine Magnum aus dem Hosenbund. Zu irgend jemandem sagte er: »Kannst gehen. Bleib in der Nähe der Tür, wir haben mit dem da ein Problem …«

Dann klappte die Tür wieder. Alles das nahm ich wahr, wenngleich ich nicht völlig diensttauglich war. Aber ich merkte, dass ich mich erholte. Der Schlag hatte mich nicht umbringen sollen, nur weich machen.

Gerade setzte sich Mr. Cheeung, der Barchef, mir gegenüber auf die Kante eines Sofas, und gerade begann ich mich über den Fehler zu ärgern, der dazu geführt hatte, dass mein Limonadenglas auf dem Teppich lag und Mr. Cheeung meine Magnum in der Hand hielt, da gab es ein Poltern an der Tür. Es klang, wie wenn jemand geohrfeigt wird und dabei mit dem Schädel immer wieder gegen eine Holzplatte bumst.

Die Tür flog auf. Ein junger Mann, der einen ebenso grünen Schlips wie sein Chef trug, stürzte herein und ging zu Boden. Ihm folgten zwei Typen, wie ich sie aus Karatefilmen der Gebrüder Shaw kannte: Gestalten untersetzt, Haare extrem kurz und Kleidung wie japanische Touristen. Der eine trat dem Mann am Boden noch einmal kurz in den Unterleib. Als der keine Schmerzreaktion mehr zeigte, ließ er ihn liegen wie ein weggeworfenes Streichholz.

Ohne sich aufzuhalten und ohne auch nur die Augenbrauen zu heben, ging er auf den völlig verblüfft dasitzenden Mr. Cheeung zu, der über der Aufregung völlig vergaß, dass er eine Kanone in der Hand hielt. Der Typ nahm sie ihm mit einer Nonchalance ab, um die ich ihn beneidete, und dann versetzte er Mr. Cheeung eine Ohrfeige, die den Getroffenen rücklings auf das Sofa warf. Das alles geschah schweigend.

Schließlich wandte der Typ sich an mich: »Ihr Revolver, Mister Lim Tok?«

Ich hatte die Geistesgegenwart zu nicken. Er hielt mir mein gutes Stück hin, und ich murmelte Dank. Mein Schädel brummte noch von dem Schlag. Jetzt sah ich auch das Instrument. Der zweite Typ musste es dem grünbeschlipsten Schläger weggenommen haben. Er hieb es auf ein Klappmesser. Es war eine graue Socke, aus der Sand rieselte, sich auf dem Teppich, neben dem Gesicht des Schlägers, zu einem Häufchen formte.

Wieder bekam Mr. Cheeung eine Ohrfeige. Noch bevor ich so recht begriffen hatte, was hier eigentlich vorging, erkundigte sich der Typ bei Cheeung: »Wie ich vermute, hatte Mister Lim Tok eine Frage an Sie. Wollen Sie antworten?«

Er holte aus. Ich konnte schnell das Foto aus der Tasche ziehen und hielt es Mr. Cheeung vor das ramponierte Gesicht. Lernte dabei, dass zwei Ohrfeigen, klug gesetzt, mehr an Deformation bewirken können als eine linke Gerade.

Mr. Cheeung knurrte: »Das wirst du bereuen …!«

Und fing sich prompt eine dritte Ohrfeige. Diesmal genau auf ein Ohr. Jemand hat mir mal gesagt, danach hört man auf der getroffenen Seite nichts mehr. Der Typ hielt sich nicht lange auf, er fasste Mr. Cheeung in die Haare und drehte.

Das Jaulen von Mr. Cheeung störte einen wichtigen Gedankengang bei mir: Ich überlegte verzweifelt, wem ich diese beiden Typen verdanke, die mich hier so selbstlos rausholten.

»Uuuaah!«, brüllte Mr. Cheeung.

Der Typ ließ etwas nach. Draußen in der Bar sang die kleine Chinesin die Sache von den Vögeln, die von nirgendwoher kommen und nirgendwohin fliegen.

Der Typ drehte wieder das Haar Cheeungs ein, und dieser keuchte plötzlich ganz folgsam: »Hör auf! Ich sage, was ich weiß!«

Sein Helfer auf dem Teppich regte sich und bekam prompt einen Tritt an den Kopf, worauf sich der zweite Typ gelassen eine Zigarette anbrannte. Dabei sah ich, dass ihm ein paar Vorderzähne fehlten. Kunststück, bei dem Beruf!

»Befragen Sie ihn, Mister Lim Tok«, forderte mich der andere auf, der Cheeung am Kopf hielt. Wo sein Kumpan die Lücke in der Zahnreihe hatte, glänzte bei ihm Gold.

Aber ich hatte keine Zeit, darüber nachzudenken, wie es kam, dass der eine die Lücke und der andere das Gold im Gebiss hatte, es war wohl Eile geboten. Ganz hinten in meinem von der Sandsocke misshandelten Kopf quirlte noch immer die Frage, wer die beiden Kerle überhaupt waren, die mir da so unerwartet zu Hilfe kamen.

»Na los«, ermunterte mich Goldzahn.

Mr. Cheeung sah überhaupt nicht mehr aus wie Robert Redford auf chinesisch, er ähnelte jetzt vielmehr einem Opfer aus einem Katastrophenfilm. Sein Blick war voller Angst.

»Also«, sagte ich, an ihn herantretend, »wie hieß das Mädchen?«

»Poo Lin. Das ist alles, was ich weiß.«

»Adresse?«

»Sie sagte, Prat, Ecke Cameron. Pension. Weiß nicht, ob das stimmt. War nie dort.«

Ich wandte mich an Zahnlücke, der unternehmungslustig neben mich getreten war, als ob er auf ein Zeichen von Widersetzlichkeit bei Cheeung lauerte: »Gibt's das dort?«

Zahnlücke blinzelte mich hilflos an. Warf seinem Kumpan einen fragenden Blick zu. Der gab ihm ein Zeichen. Zahnlücke flüsterte in mein Ohr: »Sorry, Mister, keine Ahnung. Wir sind aus New York. Mister Washington Chia hat uns kommen lassen. Wir haben Sie gegen Schwierigkeiten zu schützen ...«

Mir fiel ein, was der Banker angekündigt hatte. Seine beiden New Yorker Tong-Burschen waren also schon tätig. Diese Typen sind nicht weniger gefährlich als Hongkonger Triadenboys. Nur dass sie die Kolonie eben nicht genug kannten.

Ich ging zum Telefon und drückte Zahlen. Als es am anderen Ende freundlich erklang: »Hotel *Excelsior*, Guten Tag, was können wir für Sie tun?«, verlangte ich Pipi, und als ich sie am Draht hatte, überfiel ich sie mit der Frage nach der Pension.

»Prat, Ecke Cameron, sagst du?«

»Sagte ich, ja.«

Nach einer Weile, in der man das Rascheln von Papier hören konnte, erfuhr ich: »Die gibt's dort. Heißt *Yellow*

Duck. Nicht ganz astrein. Hat bei uns ein Warnzeichen. Gilt als Absteige für Leute aus der roten Heimat, wenn dir das hilft …«

Es half mir, und ich bedankte mich. Wandte mich wieder Mr. Cheeung zu: »Wie lange hast du mit ihr gepennt?«

Er erschrak. Aber er machte, als Goldzahn an seinen Haaren zerrte, gar nicht den Versuch zu leugnen. Gestand: »Kurz nur. War eine Gelegenheit. Nichts für die Dauer …«

»Was wollte sie hier, in deinem Etablissement?«

Die Frage brachte ihn sichtlich in Verlegenheit. Er zögerte, bis Goldzahn wieder an den Haaren drehte. Da bequemte er sich zu murmeln: »Ich hatte einen Anruf von einem alten Gast. Er bat mich, sie hier als Hostess anzulernen. Ihr Benehmen beizubringen.«

»Auch im Bett?«

Er schwieg. Bekam prompt wieder eine Ohrfeige von Goldzahn. Die entlockte ihm schließlich das Eingeständnis, das sei auch so zu verstehen gewesen, mit dem Bett, ja, die Dame sei, wie andere vor ihr schon, für delikate Zwecke vorgesehen gewesen, und das habe Kenntnis und Übung erfordert.

»Der Auftraggeber!«, erinnerte ich ihn.

Sein auf dem Teppich schlummernder Wächter rührte sich und gab einen winselnden Laut von sich. Zahnlücke trat ihm wie ein Fußballer mit dem Innenrist gegen den Schädel, und es herrschte wieder Ruhe.

Ich brauchte Cheeung nicht ein zweites Mal zu erinnern. Er sagte sehr leise: »Mister Patrick Shang. Pearl River Bank. Er wird mich dafür töten lassen …«

Goldzahn murmelte fröhlich: »Spart uns Arbeit!« Dann wandte er sich an mich. Krümmte fragend den Zeigefinger der freien Hand.

Ich schüttelte den Kopf. »Schick ihn schlafen. Wir wollen nicht auch noch die Polizei hinter uns her haben.«

Goldzahn war, wie ich begriff, an die strikte Ausführung von Anweisungen gewöhnt. Er hieb Cheeung mit der geballten Faust auf die Schädeldecke, sodass der fesche Schlipsträger klaglos ins Reich der Träume glitt. Ich steckte meine Magnum hinter den Hosenbund. Eine Menge Arbeit wartete auf mich.

»Ihr geht besser erst, wenn ich weg bin«, riet ich meinen beiden Schutzengeln.

Goldzahn hatte den silbernen Zigarettenkasten Cheeungs entdeckt und bediente sich. Er winkte ab. »Wir gucken hier sowieso noch die Akten durch ...«

Eine Warnung, dass sie dabei eventuell überrascht werden könnten, verkniff ich mir. Schließlich waren die beiden erfahrene Männer.

Draußen verabschiedete ich mich von Peggy, die mir schnell noch eine Limonade eingoss.

»Dein Chef wird Kopfschmerzen haben, wenn er den Besuch los ist«, machte ich sie aufmerksam, »leg ihm ein Aspirin bereit. Und am besten wäre es, wenn du die Gesichter der Leute nicht gesehen hast, die da rauskommen.«

»Deins auch nicht?«

Ich musterte ihre Schulterpartie bis hinab zu der Stelle am Ausschnitt, wo das Gebirge begann. Diese Dame war eine Sünde wert, keine Frage. – Man kann nicht alles haben, Lim Tok, sagte ich mir. Und zu ihr: »Meins ist bekannt. Meine Qualitäten auch.«

Sie blickte mich zweifelnd an, dann nahm sie den Dollarschein, den ich ihr auf die Theke legte, und entschwand damit in Richtung Kasse.

11

»Patrick Shang«, Mr. Chia wiederholte den Namen. Er putzte seine Goldrahmenbrille. »Pearl River Bank. Eine Einrichtung Pekings. Natürlich auch ein Mann, der von dort kommt.«

»Kanton«, klärte ich ihn auf. Es war mir gelungen, über Bobby Hsiang ein paar Einzelheiten über den Mann zu bekommen, dessen Name der Barbesitzer ausgespuckt hatte.

»Die Bank ist das Tochterunternehmen eines Kantoner Instituts. Der Mann ist achtundvierzig, war ursprünglich Manager bei der Verwaltung der Kantoner Industriewarenmesse, ging dann nach Shenzhen, in die Sonderzone, wo er ins Bankfach einstieg, und seit einem halben Jahr ist er endgültig in Hongkong. Die Pearl River Bank liegt in Wanchai. Percival Street. Gleich neben dem Warenhaus, in dem das Angebot strikt rotchinesisch ist ...«

Mein Gesprächspartner nickte bedächtig. »Ich weiß. Habe mich inzwischen auch informiert.«

Wir saßen in der Kabine einer großen Motoryacht mit dem schönen, am Bug aufgepinselten Namen »Sunny«, die mit moderater Geschwindigkeit in Richtung Macao fuhr. Das Fahrzeug gehörte eigentlich Mrs. Lee, sie hatte es Chia zur Verfügung gestellt. Benny und Bui, die beiden Triadenburschen, steuerten es. Der alte Lao Dang hatte sie zu seiner Tochter sozusagen abgeordnet, zuerst, um ihren ungetreuen Bürohengst auszuquetschen, und jetzt, um uns nach Macao zu kutschieren.

Es war Samstag gegen Mittag, die Zeit, zu der man in unserer Gegend spätestens in die Wochenendvergnügungen einsteigt, wenn man Banker ist wie Chia. Seine beiden Beschützer aus New York, so hatte er mich informiert, Goldzahn und Zahnlücke, wie ich sie der Einfachheit halber nannte und weil sie mir auch ihre Namen nicht gesagt hatten, befanden sich bereits in Macao, um sich mit den dortigen Verhältnissen vertraut zu machen. Ab unserer Ankunft würden sie unsichtbar auf unserer Spur sein. Angenehmer Gedanke.

Washington Chia hatte die Zeit, die er sich in Hongkong befand, nicht vertrödelt. Er hatte sich nicht nur einen Plan für sein Vorgehen zurechtgelegt, mit dem er seine Gegenspieler aus der Reserve und in die Falle locken wollte, er bereitete die Falle auch sehr geschickt vor. Wobei ich nicht selten den Eindruck hatte, dass diese Gegner ihm doch immerhin mächtigen Respekt abnötigten. Auf jeden Fall ging er bedachtsam vor.

Während einer schnell einberufenen Sitzung des Aufsichtsrats der Handelsvereinigung Hongkonger Textilbetriebe war er von der Mehrheit der Aktionäre, die dem toten Chia senior verbunden und meist an Lao Dang ziemlich verschuldet waren, zum Vorsitzenden gewählt worden. Fraglos nach Lao Dangs dezentem Hinweis. Nun hatte er mir erzählt, er habe gegenüber seinem Stellvertreter, jenem Mr. Hung Teh, der seine Enttäuschung über das unerwartete Auftauchen Chia juniors gerade noch hinter erlesener Höflichkeit verstecken konnte, durchblicken lassen, er werde es als eine der vordringlichsten Aufgaben ansehen, das Kapital der Vereinigung vor dem in einigen Jahren drohenden Zugriff Pekings in Sicherheit zu bringen. Unzweifelhaft eine der sichersten Methoden, sich zur Zielscheibe zu machen.

Hung Teh, den er zum Essen eingeladen hatte, habe ihm interessiert zugehört, als er ihm eröffnete: »Ich werde es über meine Bank in New York einfädeln. Keiner unserer Freunde soll auch nur einen Cent einbüßen, egal, ob die Pekinger ihre Zusage einhalten oder nicht, nach der unsere Wirtschaft auf fünfzig Jahre nicht angetastet wird. Halten sie allerdings die Zusage ein, dann ist nicht nur jedes Geschäft mit ihnen möglich, sondern auch jede Art von finanzieller Unterstützung …«

Es sei Hung Teh, einem gediegen gekleideten, gepflegten Mann in den besten Jahren, nicht anzumerken gewesen, was er davon hielt, jedenfalls habe er beifällig genickt.

Das habe er dann auch getan, als sein neuer Vorgesetzter ihm etwas später gestanden hatte, er habe in Amerika so gewisse Bedürfnisse entwickelt, die sich am besten ein wenig entfernt vom Ort der geschäftlichen Tätigkeit ausleben ließen. Zudem habe er schon immer ein gewisses Faible für das Glücksspiel gehabt.

Macao werde der Platz sein, den er zum Ausspannen besuche. Hung Teh hatte ihm eifrig zugestimmt, als er meinte, ein Mann in dieser Welt müsse schließlich immer wieder einmal das Klicken der Spielsteine und das Kichern der Kurtisanen hören, um glücklich zu sein. Schon Dichter hätten so geurteilt. Er hatte Wang Wei zitiert –

»Die Zeit vergessend, so schwätzen wir und lachen ...« – und gemerkt, dass sein Gesprächspartner keine Ahnung von den Chungnan-Gedichten des klassischen Meisters hatte, ihm aber pflichtschuldigst zustimmte.

Er war überzeugt, am richtigen Mann zu arbeiten, und er übertrieb es nicht. Wich ihm nicht aus. Ließ nur angelegentlich durchsickern, er sei ständig am Überlegen, wie die Handelsvereinigung am besten zu sichern sei. Den Ausflug nach Macao hatte er bei Hung Teh unauffällig angekündigt. Ausspannen. Seine Frau sei nach so langer Abwesenheit von Hongkong ohnehin durch die Familie stark gebunden.

Ganz schön gerissen, dachte ich, als er mir seine Taktik darlegte. Aber ich sagte nichts dazu. Wenn Hung Teh wirklich der Mann war, der den so geschickt aus dem Wege geräumten Jack Chia im perspektivischen Interesse Pekings ersetzen sollte, dann würde er handeln, bevor ihm Washington Chia die Karpfen aus dem Teich holte, und das hieß, dem Banker müsste etwas zustoßen, sodass doch noch der Platz für Hung Teh frei würde.

Chia bestätigte meine Überlegung. Er war aber trotz allem nicht etwa ängstlich oder gedrückt. Im Übrigen sah er aus, wie sich in der ganzen Welt unzählige Leute den erfolgreichen Banker vorstellen: Anzug bester italienischer Segelyachtmode, Hemdsärmel unternehmungslustig aufgekrempelt, eine Uhr von der Größe eines Bierdeckels, schmales Goldkettchen um den Hals, das zum Gold der Brille passte. Er war gut frisiert und duftete nach einem Aftershave, das ich nicht kannte, was hieß, dass es teuer sein musste. Ich kam mir gegen Chia wie die

Kopie des sprichwörtlichen mittleren Angestellten einer nicht allzu gut gehenden Firma vor, wie man sie in Hongkong zu Tausenden findet.

In Chias Plan war vieles dem Zufall überlassen. Der Chance, wie er es nannte. Bankerdenken? Er meinte, man solle sich nicht durch zu exakt ausgetüftelte Planung selbst einengen und der Möglichkeit für schnelle, unerwartete Reaktionen berauben. Und in jeder Situation seien übrigens Kompromisse möglich. Oft zahlten sie sich besser aus als harte Entscheidungen. Nun ja, in jedem Falle würden uns die beiden Burschen, die aus dem Stall des alten Lao Dang kamen, auf dem Boot begleiten. Zahnlücke und Goldzahn würden in Macao zu uns stoßen.

»Die beiden haben mir ein paar interessante Informationen aus dem Büro dieses Barchefs mitgebracht«, erzählte Chia.

Das Boot fuhr mit mäßiger Geschwindigkeit. An den Fenstern der Kabine vorbei flogen die Spritzer der Bugfontäne.

»Beispielsweise erfuhr ich, dass von der Bar aus Herr Hung Teh öfter angerufen wird. Die Telefonrechnung weist das aus. Und dann, dass der Herr Barbesitzer eine Fahrt auf der Yacht ›Shyama‹ mitgemacht hat. Auf Einladung des Besitzers. Das ist Mister Shang von der Pearl River Bank. Was da wohl beredet wurde …?«

Er erwartete keine Antwort darauf. War viel zu sehr Praktiker, um zu glauben, dass ausgerechnet ich darüber etwas sagen könnte. Noch nicht. Aber das Bild würde sich schon nach und nach runden!

Wir verabschiedeten uns im Bootshafen. Ich nahm ein Taxi zum *Lisboa,* und er blieb an Bord, wie so mancher reiche Macao-Besucher, der mit eigenem Wasserfahrzeug kam, um sein Glück in den Spielsalons zu versuchen.

Sung Loh hatte mir ein Zimmer besorgt, im *Lisboa.* Diesmal behielt ich meinen Revolver im Hosenbund, auch als ich, nachdem ich geduscht und mich umgezogen hatte, in die Spielsalons aufbrach. Irgendwann würde ich da landen, wo Mr. Chia sich selbst als Köder anbot, aber zuvor vertrieb ich mir die Zeit in der Fan-Tan-Etage, beim fraglos stupidesten Spiel, das der Menschengeist jemals erfand und das wegen seiner Stupidität, wie so manches auf dieser Welt, von unendlich vielen Leuten heiß geliebt wurde.

Sie müssen sich das so vorstellen: Auf eine Art riesenhaften Billardtisch wird ein Haufen Plastik-Chips geschüttet. Nicht einmal Archimedes persönlich hätte, selbst wenn er hervorragend draufgewesen wäre, genau sagen können, wie viele es waren. Und darauf beruhte die Spielidee, die von den alten Chinesen stammte, aus einer Zeit, in der Archimedes noch nicht gelebt hatte. Angesichts des Haufens bunter Chips wurden nämlich jetzt Wetten abgeschlossen: Bleiben drei, zwei Chips, ein Chip oder bleibt gar keiner zurück, wenn der Croupier mit einer Art Glocke unter den Augen der Wetter nacheinander immer jeweils vier der Chips wegzieht. Sagen Sie selbst – ist dagegen ein Schneckenrennen nicht geradezu spannend?

Mogeln ist unter den vielen wachsamen Blicken nicht

möglich. Zudem ist die Glocke, die der Croupier benutzt, um die jeweils vier Chips wegzuziehen, aus durchsichtigem Material. So bleibt alles eine Frage der Zeit, nämlich bis der Haufen abgeräumt ist.

Ich gewann, und ich verlor, wie das bei Fan Tan üblich ist. Zuletzt hatte ich allerdings etwa die Summe gewonnen, die für den Kauf von zwei Hamburgern bei Charly auf »Poor Man's Night Club« in Hongkong gereicht hätte.

Ich wechselte das Lokal. Nächste Station war der Würfelsalon. Wieder eines dieser stupiden Glücksspiele, bei denen man seinen Verstand, seine Kombinationsgabe, selbst seine Fingerfertigkeit zu Hause lassen konnte: Drei Würfel, in einer Plastikblase eingeschweißt, betrugssicher. Man wettet da auf die Summe, die geworfen wird, auf Gerade oder Ungerade, auf Maximum oder Minimum. Etwas abwechslungsreicher als Fan Tan, aber man sollte besser seinen Hausdiener schicken, und der kann absolut blöd sein, man braucht gar nicht selbst hinzugehen, man ist nicht gefragt.

Ich verlor. Geld und Lust. Arbeitete mich vor zum Keno, der nächsten Belustigung für das nicht so betuchte Volk.

Hier hatte man auf einem Zettel vorgedruckte Zahlen anzukreuzen. Anschließend wurden die gleichen Zahlen mit viel Getue von einer halbnackten Chinesin, die ziemlich rezeptpflichtig aussah, aus einer rotierenden Glastrommel gezogen.

Mir gefiel das Mädchen besser als das Spiel. Angeblich haben Chinesen das schon vor zweitausend Jahren erfunden. Wenn das stimmt, was sich heute schwer nachprüfen lässt, dann ist Bingo entweder eine unerlaubte Kopie davon, oder die Geschichte, dass zwei Leute unabhängig voneinander dieselben Ideen haben können, trifft zu.

Um mich herum wieselten die begeisterten Spieler, meist Touristen, von denen die Japaner, wie immer, die eifrigsten waren. Aber es gab auch dicke, schwitzende Chinesen, neugierige Europäer und Amerikaner, ja sogar ein Neger in Begleitung mehrerer drohend aussehender Leibwächter gab sich die Ehre, ein paar Patacas zu verlieren. Lachend, mit blinkenden Zähnen. Wohl ein afrikanischer Stammesfürst, der seine Entwicklungshilfe hier verjubelte.

Sung Loh war es, der mich am Jackett zerrte und sich dabei an den Kopf tippte. Er hatte ein wenig Freizeit und wollte sich erkundigen, wie meine Ermittlungen liefen.

»Bist du zum Kind geworden?«, schalt er mich. »Hier zu spielen kommt gleich nach Graffiti ins Klo sprühen!«

Er irrte sich da, und ich hätte ihm den Unterschied erklären können, aber ich unterließ das lieber und ging mit ihm ein Bier trinken. Dabei kamen wir am ernst zu nehmenden Spielkartensalon vorbei, und ich konnte sehen, dass Mr. Chia aus New York da drin genau das tat, was er mir angedeutet hatte, das er tun würde: Bakkarat spielte er. Mit hohem Einsatz. Und er benahm sich gezielt wie der reiche Onkel aus Amerika. Er rauchte sogar eine Zigarre.

Beim Bier informierte ich Sung Loh, was ich beabsichtigte, und er versprach, mir zu helfen. Aber es gab vorerst nichts weiter zu tun. Wir legten uns selbst als Köder aus, und das war alles.

Aber da irrte ich mich, wie ich später einsah. In Wirklichkeit bahnte sich beim Bakkarat bereits etwas an, das Schwung in unsere Pläne bringen sollte.

Damit Sie wissen, worum es ging, muss ich Ihnen zuerst erklären, dass Bakkarat mit einem Bankhalter gespielt wird. Ähnlich wie Blackjack. Es ist kein pures Glücksspiel, man kann intelligent bluffen, kann als Spieler den Bankhalter irreführen. Und das allein eröffnet schon eine Menge Möglichkeiten.

Ziel des Spiels ist, mit zwei Karten oder einer dritten die Augenzahl Neun zu erreichen oder ihr möglichst nahe zu kommen, wobei Bilder und Zehnen gar nichts zählen, die Asse einen Punkt und die übrigen Karten nach Wert.

Trickreich ist das Spiel schon. Hat man beispielsweise zwei Vieren vom Bankhalter bekommen, so hat man acht Punkte. Ein Normalspieler würde sich mit einer Acht begnügen. Der Hasardeur hingegen hofft, dass als Nächstes ein Ass kommt, ein Punkt also, der zur unschlagbaren Neun führt, und nimmt die dritte Karte. Auf die Gefahr, dass er »tot« ist, wenn diese Karte eben kein Ass sein sollte. Ich erspare mir eine Menge Varianten, die es gibt. Früher hatte ich an Bakkarat-Runden teilgenommen und wusste noch, dass die kritische Punktzahl bei zwei Karten eine Fünf ist. Bei zwei Karten, die fünf ergeben, kann man entweder aufs Ganze gehen oder bluffen. Aber Bluff klappt nicht immer, wenn man an einen kaltblütigen Bankhalter gerät. Da gibt es ein paar nicht zu unterschätzende Tricks, die er anwenden kann. Immerhin bleibt es dabei, dass ein Bankhalter bei zwei verdeckten Karten nie weiß, ob es nicht eine Neun ist oder wenigstens eine Acht, und oft genug lässt er sich verleiten, mit einer weiteren Karte, die er zieht, selbst »totzugehen«.

Es gab zwei Dinge, die mich stutzig machten, als ich – mit dem Geschmack guten Biers auf der Zunge – eine Weile am Tisch zusah, an dem Mr. Chia spielte: Da saß, Chia gegenüber, ein weiblicher Bankhalter. Und diese Croupieuse fiel für meinen Geschmack öfter als üblich auf Chias Trick herein. Warum? Als Besitzer des Casinos hätte ich eine solche Niete gar nicht erst eingestellt!

Ich überlegte. Entweder war die Dame tatsächlich unerfahren, was vorkam bei der Menge von Personal, die es in einem solchen Salon gab, oder aber sie fiel mit voller Absicht immer wieder auf Chias bescheidene Tricks herein, um ihm den Eindruck zu vermitteln, er verwirre sie so sehr, dass ihre Aufmerksamkeit darunter litt. Und das wäre dann ein Angelhaken, bei dem nur noch die Frage interessant war, ob die Dame aus eigenem Antrieb so reagierte, vielleicht wegen der Goldrahmenbrille und der imposanten Erscheinung Chias, oder ob sie das, was sie tat, im Auftrag versah.

Sie war, was mein Misstrauen verstärkte, der einzige weibliche Bankhalter im Augenblick. Und sie war jung, exzellent gewachsen, gepflegt, hübsch. Sie hatte den Augenaufschlag einer Kurtisane aus dem »Traum der roten Kammer« und die schmalen Hände einer siamesischen Tempeltänzerin. Ganz plötzlich kam mir der Gedanke, dass es interessant wäre zu wissen, wie wohl ihr Oberschenkel aussah, an der bewussten Stelle, an der eine Lotosknospe sitzen konnte oder nicht.

Ohne lange zu überlegen, schob ich mich näher an den Spieltisch heran. Wie viele andere Zuschauer blieb ich in etwas gebückter Haltung stehen, um die Ergebnisse abzuwarten. Nur dass ich genau hinter Mr. Chia stand und ihm sehr leise zuflüsterte: »Die Croupieuse einladen!«

Er gewann wieder einmal. Strich ein und raunte zurück: »Hatte ich auch vor!«

Ich wandte mich einem anderen Tisch zu. Unnötig, Aufsehen zu erregen. Ohnehin war ich nicht ganz sicher, dass es nicht wieder einen mutterländischen Kawasaki-Fahrer im *Lisboa* gab, der über meine Beschreibung verfügte.

Ich brannte mir gelassen eine Zigarette an und vertiefte mich in die zickige Spieltaktik eines kahlköpfigen älteren Chinesen, der, nach seinen Einsätzen zu urteilen, mindestens sechs mittlere Fabriken in Shenzhen besitzen musste. Und dazu gewann er noch! Die Güter dieser Welt sind ungleich verteilt, wenn Sie mich fragen, den wohlerzogenen Sprössling einer Liebe zwischen einer chinesischen Wirtin und einem amerikanischen Marineflieger, der in Korea blieb …

»Mister Lim Tok, nicht wahr?«

Die Frage kam von hinten, und als ich mich umdrehte, blickte ich in das lächelnde Gesicht eines durchaus fashionabel gekleideten Herrn in mittleren Jahren. Chinese. Eine Hand lässig in der Hosentasche. Er duftete nach etwas, das ich schon einmal gerochen hatte, als ich mich an der Rezeption des *Mandarin* nach einem Klienten erkundigte und jemand einen Brief ausgehändigt bekam, wobei der Hotelangestellte sich so tief verbeugte, dass sein Kopf fast auf die Theke geknallt wäre. Es war die männliche Kontrastnote zu Mrs. Lees Wolke aus »Jealousy«, wenn ich es zu bewerten gehabt hätte.

»Ich würde Sie gern einen Augenblick sprechen«, brachte der Duftträger seinen Wunsch vor. Es klang so belämmert freundlich, dass ich sicher war, in der Hand, die in der Hosentasche steckte, lag eine Automatik.

Er musste meinen Gedanken erraten haben, vielleicht hatte er auch meinen schnellen Blick bemerkt, denn er sagte liebenswürdig: »Es ist eine japanische Corsa, Mister Lim Tok. Luftdruck. Verschießt Nadeln, die einen Stoff abgeben, der Sie ohnmächtig werden lässt. Zwei Freunde von mir, die an der Tür warten, würden Sie heraustragen. Sie können sich Kopfschmerzen beim Aufwachen ersparen, wenn Sie einfach vor mir her zum Ausgang gehen ...«

Man soll sich nie sicher fühlen. Wo waren Goldzahn und Zahnlücke? Gar nicht zu reden von Benny und Bui! Ich konnte dem wohlgesitteten Herrn zwar ein Gefecht mit meiner Magnum liefern, aber wusste ich, ob mir nicht dabei einer von der anderen Seite in den Hinterkopf schoss? Oder mich, was noch zu überleben wäre, wieder mit einer Socke voll Sand traktierte? Mitten in einem riesigen Casinosaal voller Chinesen kann man Gut und Böse gar nicht so einfach unterscheiden. Also ging ich folgsam vor Mr. Duftwolke her. Stieg vor dem *Lisboa* in den Olds, der da parkte, und da fixierte der Chauffeur meine Hände sachkundig auf dem Rücken, legte mir ein Band über die Augen und stauchte mich in den Rücksitz.

Mr. Duftwolke ließ sich neben mir nieder und bemerkte

gutgelaunt, während er mir die Magnum aus dem Hosenbund zog: »Ich werde darauf verzichten, Ihnen den Mund zu verkleben. Es ist eine unangenehme Sache, und ich bin sicher, Sie werden sich still verhalten …«

Ein netter Mensch!

Wir fuhren nicht weit. Ich roch Seeluft und Fisch. Also ging es nicht in Richtung Porta do Cerco, wie ich zunächst befürchtet hatte, nicht Richtung Mutterland, sondern Richtung Küste. Der Olds schien ein defektes Getriebe zu haben, immer wenn der Chauffeur schaltete, gab es ein krachendes Geräusch. Wie bei den ersten japanischen Karren, die unsere Gemüsehändler während des Korea-Krieges in Wanchai erworben hatten. Dreirädrig. Ich kannte sie noch aus meiner Kinderzeit. Schleppesel hatten die Leute sie genannt. Um die Zeit, als ich mich dann ernstlich für Autos zu interessieren begann, starben sie aus.

Es war ein Schiff, auf das ich gebracht wurde. Besser gesagt, ein Boot, denn es schwojte ein bisschen in der Hafendünung, was die größeren Kähne nicht zu tun pflegen.

Als Mr. Duftwolke meine Hände an einem eisernen Gestänge befestigte und die Binde von den Augen nahm, mir einen Hocker hinschob und mich aufforderte: »Setzen Sie sich!«, notierte ich im Stillen: elegante Kabine, mindestens 30-Meter-Boot, edle Hölzer, Sauberkeit, offene Bar mit Flaschen, die teuer aussehen. Bis auf die weiße mit dem Mao Tai. Aber jeder wusste, dass sie dieses Zeug abpackten wie im vorigen Jahrhundert und dass es trotzdem teuer war. Chinese also anscheinend, der Eigentümer. Wer sonst stellt sich schon Mao Tai in die Hausbar?

Ich behielt recht. Wenig später kam Duftwolke zurück und legte mir wieder die Augenbinde an. Danach verschwand er, und dafür kam jemand, der roch nach nichts. Aber er war ein gebildeter Mann, das erkannte ich aus seinen Worten. Und er schien nicht mehr in den Zwanzigern zu sein, eher doppelt so alt.

»Sie sind Detektiv, Mister Lim Tok?«

»Bingo«, gab ich zurück. »Und Sie?«

»Mein Beruf ist für Sie nicht von Bedeutung. Ich habe Sie hier hergebeten, weil ich zwei Fragen an Sie habe. Nachdem Sie sie wahrheitsgetreu beantwortet haben, können Sie wieder gehen. Wenn Sie es vorziehen, störrisch zu sein, wird man Ihnen zeigen, dass das unklug ist. Haben wir uns verstanden?«

Seine Stimme klang gleichbleibend uninteressiert, so als ob er dabei wäre, einer Wäscherei am Telefon zu erklären, er hätte vor, den Anzug, den sie reinigten, noch am Abend zu tragen. Und als gebürtiger Hongkonger stellte ich noch etwas anderes fest: Dieser Mann war nicht bei uns aufgewachsen, man erkannte es an sprachlichen Nuancen, die ihm vermutlich überhaupt nicht mehr auffielen. Er sprach ein reines Kantonesisch, wie man es jenseits des Zaunes spricht. Ich erkundigte mich höflich, was er zu wissen wünsche.

»Welchen Auftrag haben Sie von Mrs. Lee? Und was für Pläne verfolgen Sie im Auftrag von Mister Washington Chia?«

»Das ist alles?«

»Alles«, bestätigte er.

Ich wartete ein paar Sekunden, dann erklärte ich ihm:

»Sir, ich bin privat engagiert, das schließt Vertrauen ein. Mein Berufsethos und meine Ehrlichkeit gegenüber Klienten gestatten es mir nicht, Ihre Fragen zu beantworten.«

Daraufhin wurde er für einen winzigen Moment ungehalten: »Ihre Vertrauensverhältnisse interessieren mich nicht. Außerdem ist jedermann käuflich. Mich interessiert der Preis, sonst nichts. Achten Sie auf mein Angebot. Wenn Sie den Zeitpunkt verstreichen lassen, bis zu dem ich bereit bin, einen Preis zu zahlen, überlasse ich Sie zwecks Beschaffung der Antworten dem Herrn, den Sie bereits kennen gelernt haben. Er ist ein Spezialist in der Anwendung von Elektrizität. Und er hat die Technik der Engländer mit diesen elektrischen Anti-Riot-Knüppeln enorm verfeinert. Sie würden staunen, wie gesprächig Elektrizität macht ...«

»Ein unfreundliches Angebot«, bemerkte ich tapfer. Er antwortete nicht.

Ich befand mich in einer miesen Lage. Niemand wusste, wo ich war, und dies war noch dazu ein Wasserfahrzeug. Legte es ab, konnte mir überhaupt niemand mehr helfen. Meine Chance bestand darin, den Mann zu sehen, mit dem ich gerade sprach. Konnte man vielleicht mit ihm handeln?

Ich beschloss, das Gespäch in diese Richtung zu lenken. Sagte: »Sir, wenn man Sie so hört, könnte man denken, Sie seien ein Taipan mit viel Geld ...«

Noch bevor ich weitersprechen und ihn fragen konnte, was die Auskünfte ihm denn nun wert seien, unterbrach er mich barsch: »Antworten Sie auf meine Fragen, oder?«

Ich wollte Zeit gewinnen: »Hm, ja, natürlich wäre es gut, wenn ...«

Er sprach knapp und schneidend: »Schluss. Ich habe an Land zu tun. Wenn ich zurückkomme, will ich die Antwort hören. Oder der Knüppel mit dem Strom tritt in Aktion.«

Die Tür klappte, dann war ich allein. Eine halbe Stunde passierte gar nichts. Ich versuchte, mir die Antworten zurechtzubasteln, die ihn möglicherweise zufriedenstellten, mir aber genug Handlungsspielraum ließen, ihn doch noch auf die Matte zu legen, denn es gab kaum Zweifel, dass dies der Mann war, der hinter dem steckte, was mit dem guten Jack Chia geschehen war: hinter dem Fugu-Gift, dem Lotosknospen-Mädchen, dem ganzen Rest vermutlich ...

Plötzlich gab es zwischen dem rhythmischen Geplätscher des Wassers an der Bordwand ein schepperndes Geräusch. Wie wenn ein Blecheimer umgestoßen wird und ein Stück weit rollt. Und dann riss jemand die Tür der Kabine auf. Derselbe Jemand zog mir die Augenbinde ab, und ich erblickte Goldzahn, der mich vergnügt angrinste und dabei mit einem kleinen, flachen Schlüssel vor meinen Augen herumfuchtelte.

»Alles klar, Mister Lim Tok! Wir hatten die Sache unter Kontrolle. Haben Sie auch durch das Bullauge beobachtet ...«

Er schloss die Handschellen auf, und während ich mich in die Senkrechte mühte, erzählte er lustig weiter: »Mister Chia ist drüben auf seinem Boot. Besuch!« Dabei kicherte er.

Ich begriff, dass es sich um eine Dame handeln musste. Aber noch bevor ich die Frage stellen konnte, ob es denn nun plangemäß die Croupieuse sei, flog die Tür der Kabine erneut auf. Diesmal war es Zahnlücke, der zweite der Tang-Boys aus New York, die Chia zur Hilfe herbeibeordert hatte. Er schleifte einen bewusstlosen Mr. Duftwolke hinter sich her, dessen Anzug gar nicht mehr elegant aussah.

Goldzahn schloss den Herrn mit der Handfessel genau da an, wo zuvor ich festgemacht gewesen war. Nickte mir zu und schwang sich zu einem »Hallo!«, auf.

Endlich kam ich dazu, Goldzahn zu fragen: »Wen hat Mister Chia bei sich auf dem Boot?«

Goldzahn übte sich in Diskretion, er sagte betont gleichgültig: »Mädchen.«

Zahnlücke hatte indessen begonnen, die Kabine zu durchsuchen. Er wühlte routiniert Schubfächer durch und blätterte in abgelegten Papieren.

»Was für ein Mädchen?« Ich ließ nicht locker.

Goldzahn steckte den Schlüssel der Handschellen ein. Dann bemerkte er beiläufig: »Aus dem *Lisboa.* Sie haben aus dem Hotel Dinner auf die ›Sunny‹ bestellt.«

Ich sah erschrocken auf die Uhr. Es war fraglos die Croupieuse, die er da eingeladen hatte. Die Dinnerzeit rückte heran. Wenn sich das bewahrheitete, was ich befürchtete, nämlich dass man geschickt versucht hatte, Chia die Croupieuse als Nachtgefährtin anzudrehen, dann konnte sein Leben davon abhängen, dass entweder er selbst sehr gut aufpasste oder dass ich mich teuflisch beeilte.

Zahnlücke hatte in einer Schublade den schwarzen Stab entdeckt, mit dem mir der Unbekannte gedroht hatte. Er drehte ihn in den Händen. »Scheint einer dieser Anti-Hai-Stöcke zu sein …« Ehe ich ihn davon abhalten konnte, richtete er das eine Ende des Instruments auf Mr. Duftwolke, führte es bis an seinen Bauch heran und drückte den kleinen roten Schaltknopf.

»Haiii!«, machte Mr. Duftwolke in einer Lautstärke, die ausgereicht hätte, die Hafenfeuerwehr zu alarmieren. Und dabei vollführte sein ganzer Körper eine dieser Zuckungen, wie man sie im Reality-Fernsehen immer geboten kriegt, wenn die dort mit den beiden Stempeln, in denen die Elektroden sind, jemanden wiederzubeleben versuchen, der Herzstillstand hat.

Zahnlücke amüsierte sich köstlich. Ich konnte ihn gerade noch von einem zweiten Versuch abhalten. Mr. Duftwolke, von den Volts aus seiner tiefen Bewusstlosigkeit gerissen, starrte mich verwirrt an. Ich hoffte nur, dass sein Hirn eine direkte Verbindung mit der Stelle am Bauch hatte, wo das weiße Hemd jetzt leicht angesengt war.

»Hören Sie mich?«

»Hm …« machte er. Als Zahnlücke mit dem Stab wedelte, schrie er sofort angstvoll: »Ja! Ja!«

»Wie heißt dieses Boot?«

»›Shyama‹.« Es kam wie ein Schuss.

»Wie heißt der Mann, der vorhin zu mir sprach?« Er schwieg. Ich konnte ihm ansehen, dass er Angst hatte. Da war ich am Nerv angelangt, wie es schien. Und dabei hatte sich Mr. Duftwolke das so schön ausgedacht, als er mich an das Gestänge schloss. Sein Chef wohl erst recht, dieser unbekannte Herr mit der sanften Stimme, von dem ich nur vermuten konnte, dass er gewohnt war, anderen Leuten zu sagen, was sie zu tun hatten, ohne Widerrede.

Mr. Duftwolke folgte meiner Anweisung, sich auf den Hocker zu setzen, auf dem zuvor ich gesessen hatte. Es ging etwas umständlich vor sich, denn seine Handgelenke hingen im Rücken an der Messingstange.

Als er saß, ließ ich ihn wissen: »Mister, Sie werden jetzt hier allein bleiben. Längere Zeit. Ob vergnügt, mit einem Drink im Magen oder ob als Leiche, das liegt bei Ihnen. Tote, die zu viel Strom aus dieser Art Knüppel abbekommen haben, sehen meist unschön aus. Verkohlt. Nicht einmal Ihre Ahnen würden Sie wiedererkennen, drüben, in der anderen Welt. Und es gibt Fälle, in denen die Verwandtschaft sich weigerte, solche Leichen auf ihre Kosten zu bestatten, sie zweifelten an der Identität. Also – der Name des Herrn von vorhin!«

Er ließ es tatsächlich auf einen zweiten Stromstoß ankommen, den ihm Zahnlücke mit Vergnügen verpasste, wobei er seinem Kumpel Goldzahn erklärte: »He, Joe, man lernt nie aus, das hier ist das Ding, auf das wir zu Hause noch nicht gekommen sind! Guck mal!«

Er ließ Mr. Duftwolke spitz aufschreien und zucken wie einen Fisch auf dem Trockenen.

»Na, noch einen?«, erkundigte ich mich, als er sich erholt hatte.

Er sagte schwach: »Nein, bitte …«

»Also, der Name?«

Zahnlücke hob den Haistab. Ich wandte mich der Hausbar zu, die ich noch vor kurzer Zeit in ähnlich hilflosem Zustand wie Mr. Duftwolke aus der Ferne betrachtet hatte.

Hinter mir hörte ich den Gefesselten betteln: »Nein, nicht wieder! Ich ... Nehmen Sie das Ding weg! Die ›Shyama‹ gehört Mister Patrick Shang. Meist benutzt sie sein Freund, Jim Cheeung.«

»Der Chef der Pearl River Bank und der Barchef des *Stoned Gecko,* oder?«

»Ja«.

Ich hatte einen starken Verdacht in dieser Richtung gehabt, aber ich hatte nicht damit gerechnet, dass er sich so schnell bestätigen würde.

»Der Herr, der vorhin zu mir sprach, war nicht Mister Patrick Shang?«

»Nein.«

»Auch nicht Mister Jim Cheeung?«

Ich prüfte ihn, denn die Stimme des Barchefs hätte ich wiedererkannt. Er schüttelte leicht den Kopf. Mit einem unsicheren Blick auf das Ende des Haistabes, den Zahnlücke vor seinem Gesicht pendeln ließ, gestand er schließlich: »Es war Mister Hung Teh ...«

»Das ist der Herr, der in dieser Handelsvertretung der Textil-Exportfirmen arbeitet, wo Mister Washington Chia der Chef ist?«

Nicken. Wir hatten sie! Noch waren sie nicht im Käfig, und es blieb fraglich, ob man sie jemals da hineinbekommen würde, aber die Masken waren von den Gesichtern.

Ich blickte mich in der Hausbar um. Konnte nicht widerstehen. Nahm drei Gläser und füllte sie jeweils drei

Fingern hoch aus der Flasche, die mir am besten gefiel. Otard. Die beiden Tong-Boys aus New York griffen erfreut zu. Leisteten sich zu Hause vielleicht bestenfalls mal einen Old Crow.

Wir prosteten einander zu, verbeugten uns leicht, wie das gute Chinesen tun, auch wenn sie schon vom widerlichen Dunst der Hongkonger Kolonialwelt und vom stinkenden Atem der New Yorker Zivilisation verdorben sind. Und dann fiel mir wieder die mickrige graue Tonflasche mit dem Mao Tai ins Auge. Ich nahm sie und ging damit zu Duftwolke.

»Es widerstrebt mir, Ihnen einfach auf den Lampion zu hauen, damit Sie schlafen«, sagte ich. »Wehrlose schlage ich nicht gern. Aber es wird besser sein, wenn Sie die nächste Zeit verschlafen. Also … trinken Sie!«

Ich setzte ihm die Flasche mit dem Mao Tai an den Mund, und als er ihn zupresste, ließ ich die Bemerkung fallen: »Natürlich können wir es auch mit dem Haistock machen, wenn Sie das bevorzugen. Vielleicht sind Sie ja aus religiösen Gründen Antialkoholiker? Der Stock gibt Brandflecken, aber sonst …«

Hinter mir wieherte Zahnlücke vor Vergnügen. Duftwolke nahm die Flaschenöffnung gehorsam zwischen die Lippen.

»Schlucken!«, kommandierte ich. Er schluckte. Immer wenn er auch nur Luft holte, wedelte Zahnlücke mit dem Stab. Da schluckte er sofort weiter.

Die Flasche war gerade erst angebrochen gewesen. Wenn Sie jemals Mao Tai getrunken haben, wozu ich Ihnen nicht ausdrücklich rate, denn es heißt, wie schon gesagt, mit dem Zeug trieben die Russen ihre Raketen an, dann können Sie ermessen, was sich im Magen des Herrn Duftwolke tat, als wir ihn verließen. Und später in seinem Kopf.

Ich nahm die beiden Tong-Boys mit an Deck, nachdem ich mir aus einem Schubfach meinen Revolver geklaubt hatte.

Die »Shyama« war ein wunderschönes Boot. Schöner als die »Sunny«, wie mir schien. Mit einem Sprung war ich auf dem Bootssteg.

Ich ermahnte die Boys: »Ihr geht nicht mehr an den Schnaps, klar?«

Sie wüssten gar nicht, dass es auf der Welt so etwas wie Schnaps gäbe, meinten sie und grinsten dabei.

»Und ihr sichert das Boot ab. Den feinen Herrn, der es verließ, kurz bevor ihr mich losgemacht habt, würdet ihr wiedererkennen?«

Das versicherten sie. Ich verlangte: »Ihr lasst niemanden auf die ›Shyama‹. Und wenn der besagte Herr kommen sollte, nehmt ihr ihn in die Mitte, ohne ihn zu prügeln, zu treten oder mit dem Haistab zu bearbeiten. Fordert ihn nur höflich auf, einer Einladung von Mr. Chia zu folgen, der sich freut, ihn hier entdeckt zu haben, und der sich glücklich schätzen würde, ihn zum Dinner auf der ›Sunny‹ laden zu dürfen. Wo die liegt, wisst ihr?«

Sie wussten es. Ich ließ sie die Einladung wiederholen, langsam, Wort für Wort. Das war alles, was ich im Augenblick tun konnte. Außer dass ich meinen Revolver noch einmal überprüfte, ob auch alle Kammern der Trommel gefüllt waren. Sie waren es.

An Land winkte ich einer Fahrradrikscha. Ich handelte nicht lange um den Preis. Machte den Fahrer sprachlos, als ich ihm fünf Patacas anbot für die Tour bis zum Liegeplatz der »Sunny«. Ob es dort in der Nähe ein Telefon gäbe, wollte ich wissen.

Es gab eins. Vor dem Ding stand, an seinen großen Ohren von weitem erkennbar, Mu Erh, der Shalali-Mann. Winkte. Rief mir entgegen: »Endlich! Was für ein Glück!«

Der kleine Überlebenskünstler hatte mir von Sung Loh mitzuteilen, dass ein Mr. Washington Chia an die Hotelküche des *Lisboa* eine verdächtige Bestellung aufgegeben habe: Kanapees mit Fugu für zwei Personen, zu liefern auf die Yacht »Sunny«, die da vorn liege. Und warum ich mich bei meinem Weggang aus dem Spielsalon nicht einmal von Sung Loh verabschiedet hatte.

»Er hat von Weitem beobachtet, wie Sie gingen«, erzählte der Shalali-Mann. »Aber er wollte nicht stören, weil er glaubte, Sie seien gerade mit Kriminalistik beschäftigt. Er lässt sagen, er sah die beiden Männer, mit denen Sie gingen. Einen davon kannte er nicht, aber der andere ist ein übler Typ. Pendelt zwischen Rotchina und Macao oder Hongkong. Ich soll hier stehen, wenn der Ausfahrer das Menü bringt. Aufpassen, dass nichts damit passiert. Fugu von Sung Loh, damals bei der Dame …«

Ich stoppte ihn: »Ja, ich weiß.« Nahm den Telefonhörer und wählte Washington Chias Funknummer auf der »Sunny«.

Er klang nüchtern. Gar nicht wie ein Mann, der eine verlockende Schönheit auf seinem Boot zu Besuch hat.

»Ist es die Croupieuse?«, fragte ich. Er bestätigte das.

Wann er den intimen Teil des Abends beginnen wolle, fragte ich, um herauszukriegen, ob er in der Lage war, frei mit mir zu reden.

»Ich freue mich, dass Sie die Sachen in Kürze liefern«, antwortete er, mir damit andeutend, dass die Dame in der Nähe war und mithörte. Er stellte sich nicht ungeschickt an.

»Ich habe verstanden, Mister Chia«, sagte ich. »Wenn es Ihnen recht ist, komme ich zu Ihnen an Bord, nachdem das Essen angeliefert wurde.«

»Das wäre mir recht, ja.«

»Sie müssen wissen«, informierte ich ihn, »dass ich inzwischen Gefangener von Mister Hung Teh war, auf der Yacht ›Shyama‹, die dem Herrn Bankdirektor in Rot gehört und die nur ein paar Minuten von Ihnen entfernt angelegt hat. Ihre Boys haben mich herausgehauen. Und wenn Sie einverstanden sind, was ich hoffe, halten Sie am Tisch einen Platz für Mister Hung Teh frei. Ihre Boys werden ihn auf die ›Sunny‹ begleiten, sobald er an der ›Shyama‹ auftaucht. Machen wir es so?«

»Sehr wohl«, gab er höflich zurück. Ganz so, als ob er mit einem ehrenwerten Kunden telefonierte.

»Eine Frage noch: Haben Sie eine Ahnung, ob sich die beiden jungen Herrn in der Nähe befinden, die im Auftrag von Mrs. Lee arbeiten?«

»Bei der ›Sunny‹, ja, mein Herr, selbstverständlich! Ich würde mich freuen, wenn Sie vor Ihrer Abreise noch auf einen Drink hereinschauten. Ja? Sehr schön! Wenn Sie Glück haben, ist noch etwas von dem vorzüglichen Sekt übrig …«

Ich wies ihn vorsichtshalber noch einmal darauf hin: »Also, das Essen, das der Boy bringt, ist okay. Die junge Dame hat vermutlich eine Ampulle oder etwas von der Art bei sich. Achten Sie darauf, dass Sie keine Chance kriegt!«

Er quittierte es gentlemanlike: »Es freut mich! Bitte vergessen Sie nicht, dass der Sekt limitiert …«

Alles war gesagt. Er legte auf. Ich wandte mich um, und da war plötzlich Sung Loh. Hohe weiße Mütze, unverwechselbar ein Koch. Neben ihm der Boy, der auf einem Gepäckständer der praktischen Fahrradrikscha mit der Aufschrift *Lisboa* den Behälter mit den anzuliefernden Delikatessen zu stehen hatte.

Sung Loh begrüßte mich locker: »Garantie, mein Freund, bis hierher ist nicht einmal eine Fliege an den Fugu gekommen, du kannst ein Kilo davon essen – ohne Folgen!«

Ich würde das nicht essen können, auch wenn ich es wollte, denn Chia hatte die Kanapees geordert, nicht ich. Es war klar, wenn diese Dame, die sich, wie ich vermutete, schon dem ersten Annäherungsversuch Chias gegenüber aufgeschlossen gezeigt hatte, ihm tatsächlich ans Leben wollte, dann hatte sie das konzentrierte Gift bei sich. Spekulierte auf Unaufmerksamkeit bei Chia. Es gab für ihn erst absolute Sicherheit, wenn ich an Bord der »Sunny« ging. Die Glocke an der Reling läuten, um die Erlaubnis bitten, an Bord kommen zu dürfen, und dann den Überraschungsgast spielen – vier Augen sehen mehr als zwei!

»Bring das Zeug rüber!«, bedeutete ich dem Boy.

Er schob sein Lieferfahrzeug auf den Anlegesteg. Aus gebührender Entfernung konnten wir sehen, wie er die Bronzeglocke betätigte und dann wartete. Der Steg war gut beleuchtet.

Von irgendwoher tauchte dort für Sekunden eine Figur auf, die ich als Benny identifizierte, einen der beiden Boys, die Mrs. Lee aus dem Bestand von Lao Dang rekrutiert hatte. Der zweite, Bui, ließ sich nicht blicken. Aber es war für mich ein Gefühl der Sicherheit, die beiden in der Nähe zu wissen.

Benny überprüfte kurz den Behälter mit dem Essen, verschwand wieder in der Dunkelheit, dann erschien Chia. Der hieß den Boy, den Behälter an Bord zu bringen.

Als der Junge das Boot wieder verließ, drückte ihm Chia ein Trinkgeld in die Hand, und mir schien es, als flüstere er ihm etwas zu.

Ich überlegte, ob ich zur »Sunny« hinübergehen und der Sache ein Ende machen sollte, bevor die Dame zum Zuge kam. Schon wollte ich Sung Loh in diesem Sinne Bescheid geben, als dieser plötzlich lauschend den Kopf hob und seinen Blick auf die von Stechpalmen gesäumte Uferstraße richtete.

Dort drüben, etwas unterhalb des Stegs, an dem die »Sunny« lag, hielt ein schweres Motorrad, Sung Loh hob eine Hand, wie um mir zu bedeuten, dass da etwas war, das der Sache eine neue Wendung gab.

»Sir«, flüsterte mir der Hotelboy ins Ohr, »ich soll Ihnen ausrichten, Sie möchten nicht irritiert sein über das, was Sie an Bord vorfinden, wenn Sie dort hingehen. Es wäre alles in Ordnung.«

Es mag etwas unwillig geklungen haben, als ich dem Jungen antwortete: »Er soll sich nicht so haben, mir ist schließlich auch schon mal ein ausgezogenes Mädchen begegnet! Oder hat er was anderes gemeint?«

Der Boy zuckte die Schultern. »Weiß nicht, das war alles, was er mir sagte. Er sprach sehr leise. Sollte wohl niemand mithören.«

Wenn es sonst nichts war, was er mir mitzuteilen hatte, dann hätte er es auch bleiben lassen können. Ich wandte mich wieder der Stelle zu, wo das Motorrad gehalten hatte. Im Schein einer leicht vom Seewind gewiegten Straßenlampe sah ich, dass es sich um eine rotlackierte Kawasaki handelte, die mir bekannt vorkam. Und der Fahrer, der abstieg und sich kurz streckte, nachdem er sich vergewissert hatte, dass es keinen Zuschauer in der Nähe gab, war der Bursche aus dem *Lisboa,* der auf mich geschossen hatte.

Er öffnete den Gepäckkoffer der Maschine, und zog daraus einen schwarzen Taucheranzug aus Gummistoff hervor.

Sung Loh hatte ihn auch erkannt. Er beobachtete ihn ebenfalls gespannt. Hier schien sich etwas völlig Neues zu entwickeln, etwas, das wir nicht hatten vorhersehen können. Und als ich den Burschen seinen Taucheranzug anlegen sah, kam mir ein Gedanke, der mich erschreckte, weil meine Absicht, einen Anschlag auf Mr. Chia zu vereiteln, mit einem Mal nicht mehr so gut zu funktionieren versprach.

Der Boy aus dem *Lisboa* erkundigte sich, ob er ins Hotel zurückfahren könne. Sung Loh nickte schon, da fiel mir ein, dass sich hier vielleicht etwas anbahnte, was die

Möglichkeiten eines aus Hongkong angereisten Privatermittlers überstieg.

»Weißt du, wer Senhor Cordan ist?«

Statt des Jungen antwortete Sung Loh: »Klar weiß er das. Hat schon Sachen auf dem Teller für ihn arrangiert.«

Der Bursche bestätigte: »Der Commissario, Mister, gut bekannt!«

»Du musst ihn finden!«, schärfte ich ihm ein. »Sofort. Innerhalb von Minuten. Es geht um Leben und Tod. Er soll sofort kommen. Hierher. Wir fürchten, ein Verbrechen wird hier vorbereitet, das sagst du ihm. Klar?«

Sung Loh half dem Jungen auf die Sprünge: »Er schläft in der Etage über seinem Büro. Mach eine Menge Krach, damit er dich hört, los ...!«

Er schob die Rikscha an, und der Bote flitzte davon. Ein Porsche, wie ihn bei uns in der Kolonie die legalen Betrüger fahren, die sich Anlageberater nennen oder Consulting Manager, wäre auch nicht schneller gewesen. Lauter vielleicht.

Der Kawasaki-Mann zerrte die Taucherkappe aus Gummi über sein kurzgeschorenes Haar. Ich erwartete, dass er nun ins Wasser springen würde, aber das tat er nicht. Stattdessen kramte er aus seinem Gepäckkasten ein Atemgerät mit Stahlflasche hervor, die er sich auf den Rücken schnallte. Dann hob er vorsichtig ein rundes Ding aus der Tiefe des Gepäckkastens, legte es mit großer Vorsicht an den Rand der Pier, und nachdem er eine Weile an seinem Tacho herumgebastelt hatte, hockte er sich einfach auf die Steinkante der Pier und ließ die Beine abwärts baumeln.

»Was hat der bloß vor?«, fragte sich Sung Loh laut.

Ich konnte ihn nicht erschöpfend aufklären, aber mir war längst klar, auf was der Bursche aus war, nur hatte ich noch nicht herausgefunden, wie er vorzugehen beabsichtigte, und davon würde abhängen, was man gegen ihn unternehmen musste.

»Sieht aus, als ob er darauf lauert, dass der Herr an Deck der Yacht kommt, und dann könnte er ihn abknipsen«, bemerkte der Shalali-Mann. Anfänger.

Sung Loh stellte das auch sogleich in Frage: »Und wo hat er das Gewehr? Die Entfernung schafft er nicht mit einer Pistole!«

Die beiden debattierten eine Weile, während ich schon nach einer Methode suchte, die Sache abzufangen: Stürzten wir uns jetzt auf den Taucher, konnten wir ihm nichts nachweisen, möglicherweise flitzte er uns, wie schon einmal, über die Grenze davon. Aber dass er auf Chias Yacht aus war und dass sich in dem runden Behälter, den er neben sich liegen hatte, eine Sprengladung befand, war für mich so gut wie sicher. Eine ähnliche Ladung vermutlich, wie sie den Rolls von Mr. Chia in Aberdeen zerrissen hatte. Der Bursche konnte unter Wasser unbemerkt an die Yacht heranschwimmen, die Ladung anbringen und sie dann, nachdem er weit genug weg war, zünden. Von der »Sunny« und denen, die sich auf ihr befanden, würde nicht viel mehr übrig bleiben als von dem Rolls. Mr. Chia war dann als der Chef der Textilvereinigung ausgeschaltet, und Mr. Hung Teh, der Mann aus dem Mutterland, der schon vor Chias überraschender Ankunft in den Startlöchern gestanden hatte, konnte den

Verband übernehmen: Peking würde eine weitere Kanone der Festung Hongkong erobert haben, ehe noch der erste Schuss gefallen war.

Garantierte fünfzig Jahre der gewohnten Struktur Hongkongs, deren Erhaltung uns am Herzen lag, waren auf solche Weise Stück für Stück abzubauen. Zum Zeitpunkt der Hoheitsübernahme würde die Struktur der Kolonie so bereits nur noch wenige Elemente bewahrt haben, die die Garantie umfasst hatte. Scheußliche politische Winkelzüge. Einen Augenblick bedauerte ich, dass ich mich auf den Auftrag eingelassen hatte: Politik war nicht mein Geschäft, ich betrieb ein sauberes Gewerbe. Aber nun konnte ich nicht mehr zurück, und insgeheim beneidete ich Bobby Hsiang und die Hongkonger Polizei darum, dass sie sich bei einer solchen Sache einfach taub und blind stellen konnten.

Andererseits hatte jener Mr. Hung Teh die Freundlichkeit gehabt, mich zu entführen, fesseln zu lassen, mir die Augen zu verbinden, worauf er mich mit der Drohung dieses Haistabes unter Druck zu setzen versuchte – so etwas pflege ich nicht unbeantwortet zu lassen.

Der Haistock! Das wäre die Lösung, wenn …

»Kannst du schwimmen?«, wandte ich mich an den Shalali-Mann.

Der erschrak und stammelte, er könne sich vielleicht eine Minute über Wasser halten, mehr nicht. Was Sung Loh im Wasser zustande brachte, kannte ich aus unserer gemeinsamen Zeit hier, wenn wir versucht hatten, an einem Badestrand ein paar Mädchen zu imponieren. Es blieb wohl nur übrig, dass ich selber die Sache ausführte.

Aber da war der Kawasaki-Taucher, und der konnte jeden Augenblick handeln. Bevor ich den Haistab geholt hatte!

»Mu Erh«, wandte ich mich an den Shalali-Mann, »kannst du diesen Kerl im Taucheranzug zehn Minuten beschäftigen?»

»Wie soll ich das machen?«

»Egal. Meinetwegen prügle dich mit ihm. Oder ihr raucht was. Ich brauche ein bisschen Zeit.«

Als er meine Absicht verstand, ging über das Gesicht des Lebenskünstlers ein Lächeln, sogar seine Ohren bewegten sich dabei. Er winkte mit der Hand ab, als ich noch etwas sagen wollte.

Aus der Tasche nahm er eines jener japanischen Miniaturgeräte, die mit ihrem Großvater, dem amerikanischen Walkie-Talkie, nur noch den Namen gemeinsam haben, zog die winzige Antenne hoch und sprach dann in das Mini-Mikro: »Rita, melden!«

Nach ein paar Sekunden schon kam eine gequetscht klingende Stimme zurück: »Rita hier, was ist, Boss?«

»Wo bist du?«

»Gamoca, Ecke Marque, warum?«

»Du nimmst sofort eine Rikscha. Fährst zur Bootspier. Zweihundert Meter links vom ›Palace‹ steht am dunklen Straßenrand eine rote Kawasaki. Gegenüber, am Wasser, sitzt einer im Taucheranzug. Den quatschst du an. Die süße Tour. Keine Frechheiten, klar? Zweck der Sache ist, ihn so lange wie möglich dort zu beschäftigen. Meinetwegen lass ihn gratis an deine Auberginen grabschen oder sonst wohin, nur: Er muss da sitzen, und zwar, bis mein Sender wieder klopft!«

»Okay«, kam es sachlich zurück, »bin schon auf dem Weg, Boss!»

Mu Erh steckte das Gerät weg und grinste mich an. »Gut so?«

Als ich das bejahte, verriet er mir freimütig: »Wir haben die Sender ein bisschen verändert, wissen Sie, Mister, sie piepsen nicht, wenn man ein Mädchen ruft, das würde beim Geschäft manchmal stören. Nein, da ist statt des Piepsers eine Membrane angebracht, außen, die liegt am Körper an, und die pulsiert. Gut, nicht?«

Es war keine Zeit, seinen technischen Einfall zu bewundern. Unweit von der Stelle, an der wir standen, parkte eine Rikscha. Der Fahrer war schon für die Nacht auf den Sitz gekrochen und hatte sich zusammengerollt. Ich weckte ihn, sprang auf den Sitz, und Minuten später griff ich mir in der Kabine der »Shyama«, in der immer noch artig Mr. Duftwolke saß, den Haistab. Außerdem nahm ich noch Zahnlücke mit zurück, wir konnten in den nächsten Minuten vermutlich jede Faust zur Unterstützung brauchen. Oder jede Handkante.

Ich kam gerade zurecht, als Rita mit betörend schwenkendem Hintern an der Pier auftauchte. Sie hatte oben nicht viel an, wie das in ihrem Job üblich war, und ihr Mini erinnerte an einen um den Familientempel gewickelten Schal, wie ihn im Januar erkältete Leute in Hongkong um den Hals tragen, manchmal, wenn man als Halbstundenereignis auf den Bergen in den neuen Territorien ausnahmsweise weiße Flecken sehen kann, die allerdings verschwunden sind, bevor man sie als Schnee erkennt.

Rita bückte sich, als sie bei dem an der Pier hockenden Kawasaki-Mann angekommen war, ließ sich Feuer für ihre Zigarette geben. Und der Mini, der dabei arg strapaziert wurde, riss nicht!

Am Anfang des Steges, wo Chia die »Sunny« festgelegt hatte, saß unter der ruppigen Stadtpalme ein Maroniröster, dessen Grill längst erloschen war, der aber noch eine Handvoll der wohlschmeckenden Knollen auf einer ausgebreiteten Zeitung neben sich liegen hatte, in der Hoffnung, ein später Passant würde Appetit bekommen. Trotz einer garantiert blutigen Schlagzeile auf dem Blatt.

»Geh rüber«, forderte ich jetzt Zahnlücke auf, »und kauf ihm eine Tüte ab. Lass dich bei ihm nieder. Quatsch mit ihm. Wenn er schlafen will, roll dich auch hin, aber du behältst auf jeden Fall den Zugang zur ›Sunny‹ im Auge. An dir vorbei geht ohne mein Zeichen niemand. Klar?«

Zahnlücke war keine Schönheit, aber sein Verstand funktionierte bei Operationen wie dieser ausgezeichnet. Minuten später parlierte er gemütlich mit dem Maroniröster, aß dessen Restbestände vom Grill und ließ ihn als Gegenleistung seine Zigaretten rauchen.

Ich gestand mir ein, dass ich mit meinen taktischen Maßnahmen am Ende der Stange angekommen war. Aber da sah ich plötzlich den Jungen mit der Rikscha aus dem *Lisboa* zurückkommen. Er hatte begriffen, dass hier etwas Geheimnisvolles lief, und nun pirschte er sich leise an die Telefonzelle heran, in deren Schatten wir standen. Mondschatten, denn es war eine klare Nacht mit der vollen runden Scheibe. Als der Junge vom Rad hopste, fiel mir ein, was ich als Nächstes tun könnte, um die gefährliche Sache zur Entscheidung zu treiben.

»Was ist mit Cordan?«, wollte Sung Loh von dem Jungen wissen.

Der berichtete, dass der Commissario ihn wütend angeschnauzt hatte, aber er würde kommen. Habe er jedenfalls versprochen. Nur dass er vermutlich einen Liter Rotwein intus hatte.

»Der faule Suffkopp!«, schimpfte Sung Loh. »Wenn er das nächste Mal ins *Lisboa* zum Essen kommt, lasse ich ihm einen Platz vor den Toiletten zuweisen und serviere ihm in ranzigem Schmalz gebratenes Fleisch!«

Ich überlegte. Zuerst musste der Kawasaki-Mann ausgeschaltet werden. Mit Washington Chia konnte einstweilen nicht viel schiefgehen, er war gewarnt und konnte sich vorsehen. Den Kawasaki-Mann musste man überraschen. Einen Kampf möglichst vermeiden, denn er war ein Profi. Gefährlich. Auf den Commissario zu warten schien müßig.

Ich entschloss mich kurzerhand, selbst in Aktion zu treten. Den Boy aus dem *Lisboa* ließ ich von seinem Gefährt steigen und lieh mir seine weiße Jacke aus. Ebenfalls die Schirmmütze, mit deren Hilfe ich meine Gesichtspartie wenigstens dürftig abdecken konnte. Ich war gerade mit dem Ankleiden fertig, drückte Sung Loh meinen Revolver in die Hand und ließ den Haistab im Ärmel der weißen Jacke verschwinden, als ich sah, wie der Kawasaki-Mann sich erhob, etwas zu Rita sagte und nach dem runden Gegenstand griff, den er abgelegt hatte. Sekunden später hechtete er ins Wasser.

Aus Ritas Walkie-Talkie drang knarrend ihre Stimme: »Er hat was zu tun, sagt er, ich soll warten, wenn ich es umsonst mache ...«

Ich war schon weg. War schnell am Wasser, hielt mich nicht weiter auf und sprang dem Burschen nach.

Wenn man auf einer Dschunke wohnt wie ich, ist einem Hafenwasser nicht ganz fremd. Ich vergaß den Gestank und tauchte. Ein Wirbel markierte die Stelle, wo der Bursche eingetaucht war. Wenig später konnte ich die Blasen erkennen, die aus seinem Tauchgerät aufstiegen. Er war auf dem Weg zur »Sunny«, wie ich es befürchtet hatte. Was er, an die Brust gedrückt, transportierte, konnte ich auch beim Näherkommen nicht genau ausmachen, aber mein Verdacht, dass es eine Sprengladung war, verstärkte sich, weil er das Ding äußerst vorsichtig behandelte.

Zunächst musste ich schnell zum Luftholen auftauchen. Da war mir der Kawasaki-Mann über mit seinem Tauchgerät. Aber ich hatte eine ziemlich genaue Vorstellung, wie ich es anstellen würde, diese Sachlage umzudrehen.

Ich folgte ihm von hinten, etwas über ihm, ohne dass er mich bis jetzt bemerkt hatte. Er war in dem vom Wasser gebrochenen Mondlicht nicht mehr als ein langer, schlanker Schatten, je weiter er sich von der Pier entfernte, wo das Licht der Straßenlampen noch einigermaßen bis zu ihm durchgedrungen war. In einiger Entfernung nahm ich schließlich die Bordwand der »Sunny« wahr, eine schwarze Fläche, von oben durch die Deckslampen leicht angeleuchtet. Ich tauchte blitzschnell noch einmal auf, holte Luft, so tief es ging, und dann schoss ich von hinten auf den ahnungslosen Burschen zu. Mit einem kräftigen Griff riss ich den Luftschlauch aus der Sauerstoffflasche, und das Mundstück ließ der Kerl aus den Zähnen, als er erschrak. Aus der Flasche entwichen Blasen. Der Taucher fuhr herum und schoss auf mich zu.

Den Angriff hatte ich erwartet. Aber der Mann war jetzt mir gegenüber deutlich im Nachteil, und er merkte es zu spät, dass ich, nur mit Unterhemd und -hose bekleidet, behender reagieren konnte als er, der durch die Taucherausrüstung gehemmt wurde. Ich ließ mich auf keine langen Auseinandersetzungen ein. Den Haistab hatte ich schon in der Hand, als der Angriff kam. Wer Haistäbe kennt, der weiß, dass ihre Wirkung im Wasser bedeutend intensiver ist als auf dem Trockenen.

Ich stieß dem Angreifer das Ding ins Gesicht. Er machte den Fehler, es abzuwehren, indem er mit der Hand versuchte, es beiseite zu schlagen. Der Schock erwischte ihn voll. Vor Schreck ließ er den Gegenstand los, den er mit der einen Hand fest an seine Brust gedrückt hatte. Er musste schwer sein, denn er verschwand sofort in der Tiefe. Und im selben Augenblick setzte ich, nach Luft ringend, nach und berührte ihn mit dem Stab im Gesicht.

Die Wirkung war genau, wie ich sie erwartet hatte: Der Taucher zuckte unter dem Schock, dann trieb der Körper reglos weiter. Ich packte ihn an der Sauerstoffflasche und zerrte ihn hinter mir an die Wasseroberfläche. Aber auch hier kam er vorerst nicht zu sich. So konnte ich ihn bis zur Pier ziehen, wo inzwischen Sung Loh stand, der mir geistesgegenwärtig ein Stück Tau zuwarf, das ich dem Kawasaki-Mann durch seinen Gürtel zog, worauf ihn Sung Loh auf die Pier hievte.

Kein Zweifel, der Kawasaki-Mann war wohl für längere Zeit außer Gefecht. Sung Loh drehte ihn auf die Seite und sah interessiert zu, wie ihm das Wasser aus dem Mund lief. Der Koch des *Lisboa* teilte mir sachlich mit: »Leben tut er noch.«

Ich legte den Haistab auf den Boden, und nun merkte ich, dass mein Unterzeug stank. Aber ich hatte Mu Erh, den Lebskünstler unterschätzt. Während ich mich im Wasser befand, hatte er mit Hilfe der Dame Rita von irgendwoher für mich trockenes Sachen besorgt. Sung Loh flüsterte mir zu, es stamme von einem Musiker auf dem »Palace«, das etwas weiter westwärts lag und von dem immer wieder Musikfetzen herüberwehten. Der Junge habe die Sachen mit der Rikscha geholt. Als ich den kleinen Shalali-Mann für seine Umsicht lobte, wehrte er bescheiden ab. Erkundigte sich nur: »Brauchen wir Rita noch?«

Ich verneinte das, obwohl das Mädchen in ihrem prall über den Hintern gespannten Mini bei Weitem den angenehmsten Anblick weit und breit bot.

»Hau ab«, beschied Mu Erh sie. »Sieh zu, dass du unten am ›Palace‹ noch jemanden abschleppen kannst.«

Der Jeep, in dem Commissario Cordan angerattert kam, überfuhr Rita beinahe; wie es schien, hatte der Polizist seinen abendlichen Rausch noch lange nicht im Griff. Als das Mädchen ihn laut als Verkehrsrowdy beschimpfte, zeigte er ihr ungerührt den steifen Mittelfinger. Kein feiner Mann, wie ich schon bei unserem ersten Zusammentreffen in seinem Büro konstatiert hatte.

Er besah sich den immer noch vom Elektroschock gelähmt am Boden liegenden Burschen im Taucheranzug. »Tot?«

»Überanstrengt«, klärte ich ihn auf. »Wollte heimlich an die Yacht ›Sunny‹ heran. Unter Wasser.«

»Und das gefiel Ihnen nicht?« Er wurde barsch.

Doch das konnte ich auch, und ich knurrte zurück: »Ich habe es nicht gern, wenn Gauner aus dem Paradies des Großen Steuermanns Hongkonger Yachten anbohren!«

»Das hat er gemacht?« Der Commissario ging zu dem Taucher, während ich die nicht besonders gut passende Hose zuknöpfte, die Mu Erhs Rita besorgt hatte. Der Commissario legte dem Burschen Handschellen an, ohne dass der aufwachte. Und dabei offenbarte sich mir die wahre menschliche Größe Cordans: Er klickte die eine Seite der Handschellen um das rechte Handgelenk, die andere um das linke Fußgelenk. Eine besonders tückische und zugleich schmerzhafte Art, jemanden bewegungsunfähig zu machen. Mir konnte es egal sein, der Kerl hatte immerhin versucht, mich zu erschießen, damals im *Lisboa,* kaum dass ich in Macao eingetroffen war.

»Ich warne Sie, in Macao strafbare Handlungen zu begehen!« Der Commissario wandte sich an mich, um Festigkeit in seiner Stimme bemüht. »Und jetzt schildern Sie wahrheitsgetreu, weshalb Sie mich nachts aus der Ruhe reißen, oder …«

Weiter kam er nicht. Aus dem Wasser, unweit der »Sunny«, schoss eine hohe Fontäne, begleitet von einem grollenden Krachen. Klatschend schlug das Wasser auf das Deck der Yacht, auf den Steg, auf die Pier, und wir alle, die wir um den Kawasaki-Mann herumstanden, waren wieder nass.

»Was, verdammt, war das?« Der Commissario fasste sich zuerst, um diese idiotische Frage loszulassen. Er wischte verdutzt Wasser von seinem Gesicht. Sah mich dabei an, als wäre ich schuld daran, dass die Mine des Kawasaki-Mannes, die für die »Sunny« gedacht gewesen war, nun unten am Grund losgegangen war.

»A Ma hat gerülpst«, gab ich wütend zurück. Ich fand, dass diese Karikatur eines Polizisten endlich aus dem weinseligen Nachtschlaf aufwachen sollte.

»Werden Sie nicht frech, Lim Tok!«, warnte er mich.

Ich hätte ihm darauf antworten wollen, dass ich von Natur aus frech geraten war, aber ich mochte die Sache nicht noch mehr anheizen. Zumal ich undeutlich erkannte, dass – wohl durch die Explosion angelockt – an Bord der Yacht mehrere Leute auftauchten. Leider waren sie bei der schlechten Beleuchtung nicht zu erkennen.

Der Shalali-Mann verzog sich leise, trabte hinter seiner Rita her. Hielt vermutlich noch weniger als ich von Auftritten mit portugiesischen Kolonialpolizisten. Sung Loh bedeutete dem Boy, der die Rikscha der *Lisboa* fuhr, ebenfalls zu verschwinden. Am Steg, wo die »Sunny« lag, sah ich Bui und Benny, die sich aber hüteten, zu uns zu stoßen. Im Gegensatz zu den Leuten auf der Yacht standen sie im Schein einer Laterne, die über dem Anfang des Stegs hing.

Ich machte mir Gedanken darüber, dass von Mr. Hung Teh bisher nichts zu sehen war. Schließlich musste er die ganze Geschichte inszeniert haben, um Washington Chia auszuschalten, also wäre es logisch gewesen, wenn er nach der Explosion aufgetaucht wäre. Irgendetwas in meinen Überlegungen stimmte nicht. Aber was?

»Ich warte auf Ihre Erklärung!«, mahnte Cordan.

Sung Loh fuhr ihn unwillig an: »Commissario, Sie sollten Mister Lim Tok dankbar sein! Er hat diesen komischen Taucher, der aus dem roten Mutterland kommt, daran gehindert, eine Sprengladung an der Yacht anzubringen, auf der ein sehr einflussreicher Herr aus Hongkong seinen Abend verbringt. Hätten Sie denn lieber eine in die Luft geflogene Yacht hier gehabt? Mit ein paar zerfetzten Toten?«

Das erinnerte mich an das Mädchen, das bei Chia war. Ich ließ Cordan stehen und ging hinüber zum Anlegesteg. Benny und Bui lungerten hier herum, darauf bedacht, vom Commissario Cordan nicht gesehen zu werden. Mich kannten sie, und nachträglich hatte ich Grund zu der Annahme, dass dies sie zu dem Fehler verleitete, mich zu Washington Chia vorzulassen.

Er war in der Kabine, was mich nicht überraschte, auch nicht das Mädchen, das sich dort träge auf einer Liege räkelte, Miss Croupieuse, wie ich sie getauft hatte. Was mich hingegen ernstlich in Verlegenheit brachte, war ein weiterer feiner Herr, der Mr. Chia gegenübersaß und eben an einem Krabbencocktail löffelte. Kanapees mit Fugu standen auf dem Kabinentisch, zwischen Sektgläsern. Ein feiner Zigarrenduft hing noch in der Luft.

»Entschuldigen Sie«, bemühte ich mich so zu sagen, dass es nicht ausgesprochen überrascht klang. Und ich erkundigte mich, ob ich störe.

Der unbekannte Herr sagte gönnerhaft, das täte ich in keinem Falle, er habe sowieso die Absicht gehabt, noch ein Missverständnis mit mir zu klären, er könne das nun gleich tun.

Ich erkannte ihn an seiner Stimme. War das möglich? Wie kam er hierher? Warum hatte Chia am Telefon nichts davon verlauten lassen, dass er ausgerechnet diesen Mann zu Besuch hatte?

»Sind Sie mit dem Auto da?«, erkundigte sich die Croupieuse träge. Ich verneinte das. Mr. Chia beruhigte sie, er würde dafür sorgen, dass sie eine Fahrgelegenheit zum *Lisboa* bekam.

Ich kämpfte mit aufsteigender Wut. Fragte das Mädchen: »Möchten Sie nicht lieber gleich nach Kanton?«

Sie sah mich mit einem bedauernden Blick an. Lächelte dann. Das war nicht die ertappte Giftmörderin, die auf dem Sofa darauf wartete, dass man sie abführte, oder ich konnte meine Branchenkenntnisse nur noch unter Trotteln anbieten. Was war hier los? Was wurde gespielt? Der elegant gekleidete Besucher Chias musterte mich erneut und wollte dann wissen, ob er mir bei der Beschaffung eines neuen Anzuges behilflich sein solle. Auf seinem Boot gäbe es ein Behältnis mit einer gewissen Auswahl …

»Irre ich mich, oder stammt aus diesem Behältnis auch der Haistab, Sir?« Ich schoss die Frage nicht ganz aufs Geratewohl ab, seine Stimme war die, die ich gehört hatte, mit verbundenen Augen an eine Metallstange gekettet, an Bord der »Shyama«. Aber bevor ich mich weiter mit ihm anlegen konnte, mischte sich Mr. Chia ein: »Ich muss Ihnen einiges erklären, Mister Lim Tok. Es sind Dinge, die ich noch nicht übersehen konnte, als ich Sie engagierte.«

»Mich hat Mrs. Lee engagiert!«

Er nickte geduldig. »Bitte setzen Sie sich zu uns.«

»Besser zu mir«, bot mir die Croupieuse an, wobei sie den Spaghettiträger ihres kleinen Schwarzen ziemlich weit über die Schulter schob.

Ich ließ es darauf ankommen. Machte ihr den Vorschlag: »Wenn du mir deine Lotosknospe zeigst, lasse ich mich glatt von dir vergiften, Süße!«

Sie streckte schon die Hand nach dem Rocksaum aus, grinste fröhlich dabei, als der Fremde ihr etwas zurief, das wie ein Befehl für einen Hund klang, aber in Mandarin. Sie hielt inne. Hörte auf zu grinsen. Griff statt nach dem Rocksaum nach einem Sektglas und prostete mir zu.

»Bitte«, forderte mich Chia auf. Deutete auf einen der gepolsterten Stühle, und als ich endlich saß, nickte er in Richtung auf seinen Gast: »Ich stelle Ihnen Mister Hung Teh vor …«

Ich hatte das Theater satt. Fiel ihm unhöflich ins Wort: »Wir kennen uns bereits! Ich schulde dem Herrn noch zwei Antworten! Und er schuldet mir dann den Preis dafür!«

Hung Teh senkte verlegen den Blick, aber er fing sich sogleich. Ganz Gentleman, schlug er mir vor: »Ich bitte Sie, mir die Sache zu vergeben, Mister Lim Tok. Mein Freund war hoffentlich nicht zu rau mit Ihnen. Und –

schließlich passierte das alles, bevor Mister Chia und ich uns … nun, sagen wir, bevor wir unsere Ansichten ernsthaft ausgetauscht hatten.«

»Ihr Freund sitzt gefesselt in der Kabine Ihres Bootes, Sir, wenn sie den duftenden Herrn mit dem Haistab meinen! Was für ein Stück wird in diesem Theater eigentlich gegeben? Und was ist meine Rolle darin?«

Washington Chia schob mir versöhnlich lächelnd ein Sektglas zu. Auch eine Platte mit Kanapees. »Beruhigen Sie sich, Mister Lim Tok, ich kläre das alles sogleich auf. Aus der Anwesenheit Mister Hung Tehs wollen Sie bitte erkennen, dass wir beide uns über Angelegenheiten, die zwischen uns standen, geeinigt haben. Gesittet, wie sich das für Leute gehört, die Bildung genossen haben. Mister Hung Teh und ich sind Geschäftsleute. Es hat in einer bestimmten Sache einen Interessenkonflikt gegeben, bei dem die Vorgesetzten von Mister Hung Teh zunächst eine Lösungsmöglichkeit ins Auge gefasst haben, die für viele Irritationen gesorgt hat …«

»Und für ein paar Tote!«, warf ich ein. Mir wurde langsam klar, dass es sich um den klassischen Kompromiss handelte, der hinter meinem Rücken zwischen den Gegnern von gestern geschlossen worden war. Und ich war nicht gern der Dummkopf meiner Klienten.

Chia überhörte meinen Einwurf. Er fuhr geduldig fort: »Mister Lim Tok, ich entschuldige mich in aller Form, dass wir Sie nicht früher informieren konnten. Übrigens ist ja auch der junge Mann aus Kanton, mit dem Sie zusammenstießen, nicht rechtzeitig davon informiert gewesen, dass die Dinge sich auf andere Weise regeln lassen …«

»Das wird ihm Knast einbringen!«

Chia lächelte wieder. »Nun, lassen wir das. Mister Hung Teh und ich haben uns für ein Zusammengehen entschieden, das dem gegenseitigen Vorteil dienen soll. Ich habe kein Interesse, mich mit potenziellen Geschäftspartnern von morgen anzulegen, das müssen Sie verstehen. Umgekehrt verhält sich das auch so, denn die Pacific Bank wird ein ernst zu nehmender Faktor in den künftigen Beziehungen zwischen Hongkong und Amerika sein. Ich meine das Hongkong nach 1997. Aus diesem Grunde wird Mister Hung Teh mit meiner ausdrücklichen Zustimmung in Kürze den Posten bei der Vereinigung der Textilexporteure übernehmen, der durch den tragischen Tod des verehrten Jack Chia, meines Vaters, frei wurde. Ich selbst gehe nach New York zurück und werde die Interessen der Vereinigung dort in der Pacific Bank vertreten …«

»So einfach ist das!« Ich war wütend. Wozu schlug ich mich mit diesem Kerl da draußen herum, wenn mein Klient sich längst mit dessen Auftraggeber verständigt hatte? Wie in einem Krieg, da schießen auch die Feldsoldaten immer noch aufeinander, während die Fürsten beider Seiten schon längst Sekt miteinander trinken!

»Haben Sie eigentlich die Explosion nicht gehört?«, fuhr ich Chia an.

»Die Explosion, ach ja. Wir haben fest darauf vertraut, dass Sie das da draußen meistern würden.«

»So wie Sie das mit der Dame da auf der Liege gemeistert haben? Ist es Ihnen denn gelungen, ihr das Gift abzunehmen? War es ein Fläschchen? Eine Ampulle? Hat sie es im Büstenhalter gehabt? Oder in der Nähe der Lotosknospe?«

Er überhörte meinen Spott. Teilte mir sachlich mit: »Das Fräulein hat sich ebenfalls mit mir geeinigt. Nachdem sie dadurch in Konflikt mit ihren ehemaligen Auftraggebern kommen könnte, wird sie mit mir nach Amerika reisen. Sie zieht es vor, dort zu leben …«

Ich konnte nur noch murren: »Besser, als in Hongkong dem nächsten Taipan auf der roten Liste Tröpfchen auf seinen Fugu zu träufeln!«

Chia lächelte mild. Hung Teh bedachte mich mit einem mitfühlenden Blick. Die Hand der Dame glitt wieder an den Spaghettiträger.

»Brauchen Sie mich noch?«, erkundigte ich mich barsch. Ich hatte die Nase voll von dieser Sippschaft.

Chia schob mir erneut die Fugu-Kanapees hin, aber ich hatte keine Lust darauf. Auch auf die Lotosknospenunschuld nicht mehr, ich fand, ich sollte dieses verlogene Geschäft, in das ich da geraten war, hinschmeißen und, so schnell es ging, Pipi abholen, um wieder auf normale Gedanken zu kommen: Mutterländische Zukunftsplaner und New Yorker Banker hatten sich über einen Posten in Hongkong schneller geeinigt, als ich die kleinen Pistoleros ausschalten konnte. Sie würden sich über alles andere ebenfalls so schnell einig werden, dass kleine Leute wie ich nicht mitkamen.

Chia fühlte sich wohl verpflichtet, den Schein zu wahren, als er mir mitteilte: »Mister Hung Teh wird die Vereinigung in Hongkong im Interesse der Mitglieder leiten. Das Kapital wird auf meiner Bank in New York liegen.

Also sind alle Voraussetzungen für gegenseitigen Nutzen gegeben. Ich darf sagen, wir sind beide sehr erfreut, dass wir die Sache auf diese Weise beilegen konnten. Und Ihnen gilt mein Dank für Ihren Einsatz …«

Ich schob meinen Stuhl zurück. »Wenn Sie mich nicht mehr brauchen …«

»Danke, Mister Lim Tok«, sagte Chia. »Seien Sie nicht ungehalten, aber Leute wie wir haben eben ihre eigenen Verständigungsmöglichkeiten.«

Ich winkte ab. »Und nur im Fall einer Panne brauchen Sie Trottel wie mich, die ihr Fell riskieren. Ich habe schon verstanden.«

»Meine Schwägerin wird das mit Ihrem Scheck erledigen«, teilte er mir unbeeindruckt mit. Ich überlegte. Sollte ich ihm stolz versichern, dass ein Hongkonger Privatermittler, auch wenn er auf einer Dschunke lebt, einen alten Toyota fährt und gelegentlich Fisch mit Chips isst, nicht auf Almosen von Leuten angewiesen ist, die bereits mit den Herren von morgen den geschäftlichen Einfluss aufteilten? Schließlich sagte ich mir, Geschäft geht vor Stolz. Eine bittere Erkenntnis, aber ich machte sie nicht zum ersten Mal.

»Ich bin in Aberdeen zu erreichen«, ließ ich ihn wissen. Dann verschwand ich, ohne zu grüßen, was wohl nicht nur von Chinesen für eine gezielte Unhöflichkeit gehalten wird.

Commissario Cordan fuhr gerade mit dem Taucher in seinem Jeep ab. Zickzack.

Sung Loh war noch da. Ob ich im *Lisboa* was essen möchte? Er hatte dem Rikschaboy meine nasse Kleidung mitgegeben. »Bis wir was gegessen haben, ist das Zeug trocken und gebügelt!« Er hielt mir meinen Revolver hin, den er vor dem Zugriff Cordans gerettet hatte.

Der Haistock lag noch an der Pier auf dem Pflaster. Ich hob ihn auf und warf ihn auf das Deck der »Sunny«.

»Warum bist du so mürrisch?«, erkundigte sich Sung Loh. »Wie mir scheint, ist alles gut abgegangen, oder?«

»Mehr oder«, sagte ich. Was nutzte es, wenn ich ihm erklärte, dass der Blick in Hongkongs Zukunft, den ich eben getan hatte, mich verbiesterte? Zukunft aus mutterländischer Anschlusstechnik und New Yorker Bankiersentgegenkommen!

»Lass uns zu Fuß gehen«, beschied ich den alten Freund, der das, was Honkong bevorstand, nur wenig später auch in Macao erleben würde. Weiterhin als Chefkoch im *Lisboa?* Oder als Kantinenchef einer Kaserne voller solcher Gestalten, wie der Taucher einer war? Ich beschloss, die Sache heute nicht mehr weiter zu vertiefen.

12

Mrs. Lee überraschte mich mit einer Aufmachung, die ich ihr nicht zugetraut hätte, als wir uns in Happy Valley trafen, in der streng für Mitglieder reservierten Loge des »Royal Hongkong Jockey Clubs«. Es war Abend, aber noch nicht dunkel. Trotzdem knallte draußen schon das Flutlicht auf den Rasen.

Die Loge war mäßig besetzt. Wahrscheinlich hatte es doch seit Mitte des vorigen Jahrhunderts, als diese »Nebenregierung« der Kronkolonie entstand, einen gewissen Mitgliederschwund gegeben, weil das Wetten zu einer Art Volkssport geworden war, nicht mehr von der Mitgliedschaft irgendwo abhängig. Und die wirklich betuchten Leute, die Pferde laufen ließen, sich die Rennen im Fernsehen anschauten, statt jedes Mal persönlich hier zu erscheinen – wetten konnten sie auch per Fax. Außerdem war Roulette inzwischen reizvoller geworden.

Die Dame, die so freundlich gewesen war, mich mit der Aufklärung des Ablebens von Mr. Chia zu beauftragen, hatte so gar nichts mehr von der knalligen Erscheinung, die mir in Erinnerung war. Sie trug ein kleines Schwarzes, das vermutlich die Monatseinnahme eines Prominentenanwalts gekostet hatte, und als einzigen Schmuck eine Platte heller Jade an einer Goldkette. In die Jade war etwas geschnitzt, das mich an die nicht ganz jugendfreie Darstellung von Schiwa und Parvati während ihrer Bemühungen um Familienzuwachs erinnerte, aber so genau konnte ich es wiederum nicht erkennen, ich hielt Distanz zu der Dame, aus gutem Grund.

In mir glomm noch der Groll darüber, dass ich zum ersten Mal in meiner Praxis hatte erleben müssen, dass der Auftraggeber von Killern am Ende mit dem Sohn des Verblichenen zu einem Gentleman's Agreement kam, das beiden Nutzen versprach und mich als Trottel zurückließ. In Hongkong ist zwar so ziemlich alles möglich, nur dass ich eigentlich eine Abneigung gegen solche unappetitlichen Geschäfte hatte, mich für gewöhnlich nicht in sie hineinziehen ließ.

Hier war ich überfahren worden. Sozusagen von einer Ladung »Jealousy«, die mir jetzt wieder in die Nase zog.

Mrs. Lee saß mir gegenüber, gesittet bis fein, sehr gütig lächelnd, freundlich. Wie ein Hai, wenn er sein Opfer zum ersten Mal interessehalber umkreist.

»Wollen Sie mir den Gefallen tun und wenigstens hier einmal statt Ihrer geliebten Limonade ein Glas Sekt mit mir trinken?«

Auf diese Art von höflich vorgetragener Bitte gibt es für einen Chinesen, selbst wenn er verbiestert ist, keine andere Reaktion als Zustimmung. Alles andere würde als Beleidigung empfunden werden, und zu Beleidigungen wollte ich mich ganz sicher nicht hinreißen lassen. Jedenfalls hatte ich es mir vorgenommen.

Ich hielt allerdings meine Zustimmung durch ein mürrisches Gesicht wenigstens in Grenzen, und sie musste das verstanden haben, denn sie redete mir, noch bevor der Kellner mit dem zweiten Glas angeflitzt kam, begütigend zu: »Mister Lim Tok, lassen Sie mich sagen, dass ich Ihre Arbeit sehr schätze …«

Der Kellner nahm die Flasche aus dem Hause der Witwe Clicquot vom kühlenden Eis und goss mir ein. Wartete, ob mir das Getränk auch schmeckte, und erst als ich das zu erkennen gab, verbeugte er sich, als wäre ich der britische Gouverneur.

Mrs. Lee vergewisserte sich bei mir: »Sie nehmen ein paar Vorspeisen?«

Ich nickte. Sie bestellte das übliche Gemisch von Schinkenbasteleien, Eiern in sonst was, Spargel mit diesem und jenem und Krabben in einem halben Dutzend verschiedener Soßen. Die Prominentenloge im Jockey Club war dafür bekannt, dass sie europäische Speisen servierte, die selbst Europäer gleich wiedererkannten. Da zahlte sich ein jahrzehntelanges Training aus. Eskalops, die man auch als Fußmatten im Auto verwenden könnte, gab es hier nicht, man wollte seine Gäste nicht vergraulen. Dafür kostete hier das, was wir Chinesen bescheiden Dim Sum nennen, die kleinen Happen vornweg eben, bereits eine vierstellige Summe.

»Und ich fühle mich verpflichtet«, sagte die Dame Lee, »Ihnen einigen Aufschluss über den Ausgang der Sache in Macao zu geben, nachdem mein Herr Schwager überraschend schnell die Rückreise in die Vereinigten Staaten angetreten hat …«

Sie hob ihr Glas, und ich folgte ihrer Aufforderung. Die Witwe Clicquot fabrizierte tatsächlich eine Sorte Sekt, die sich wohltuend von den billigen italienischen Perlwässerchen unterschied. Ich hatte das schon früher einmal festgestellt, aber jetzt wurde ich wieder daran erinnert. Draußen galoppierte ein Rudel Pferde vorbei, mit den Gnomen im Sattel. Manche Leute um uns herum erhoben sich von den Plätzen, mit der Gabel in der Hand, obwohl sie Chinesen waren und eigentlich Stäbchen hätten benutzen sollen. Aber es war eben bei europäischen Speisen recht schwierig, mit Stäbchen zu essen, und Mrs. Lee musste wohl meinen Gedanken erraten haben, denn sie erkundigte sich leise: »Vielleicht hätte Ihnen eine einheimische Gaststätte eher zugesagt, Mister Lim Tok?«

Ich verneinte das schnell. Behauptete, ich hätte mich schon immer zwischen Leuten wohlgefühlt, die betuchter waren als ich, es sei mir eine Ehre, sie alle speisen zu sehen.

Angesichts der Platte mit Vorspeisen, die nun auf dem Tisch erschien, sagte ich mit Bedacht: »Ich muss mir nur abgewöhnen, mich für Pferde zu interessieren, auf die ich nicht wette!«

Sie lächelte. »Ich selbst«, ließ sie mich dann wissen, »habe vor etwa sieben Jahren hier zum letzten Mal gewettet.«

Das veranlasste mich zum Nachdenken. War sie vor sieben Jahren überhaupt schon volljährig gewesen? Vielleicht doch, denn man täuschte sich leicht bei chinesischen Damen, es gibt nichts Riskanteres, als ihr Alter nach ihrem Äußeren zu schätzen.

»Greifen Sie zu«, ermunterte sie mich.

Klar, sie wollte mich zugänglich stimmen. Aber ich konnte erkennen, dass sie nicht sehr glücklich über meine demonstrative Reserviertheit war, sie schien sie nervös zu machen. Bei solchen Beobachtungen, besonders wenn ich sie bei Frauen anstelle, täusche ich mich nur selten. Und als ich mir kommentarlos ein Röllchen Schinken, mit grünem japanischen Meerrettich gefüllt, nahm, rückte sie schließlich heraus: »Mister Lim Tok, glauben Sie mir, ich bin über den Ausgang der Sache ebenso verdutzt gewesen wie Sie.«

»Ich war nicht verdutzt, Mrs. Lee«, korrigierte ich sie sanft, »ich habe mich veralbert gefühlt. Und ich musste mich beherrschen, denn Leute, die mich veralbern, kassieren für gewöhnlich Ohrfeigen von mir …«

Wenn sie lachte, war sie unwiderstehlich. Und sie lachte herzlich, bevor sie sagte: »Wäre es mir passiert, ich hätte wohl nicht viel anders reagiert. Es freut mich, dass Sie trotzdem heute meiner Einladung gefolgt sind. Ich habe Ihre Dienste in Anspruch genommen, und ich habe sozusagen eine Rechnung bei Ihnen offen. Das wollte ich in Ordnung bringen.«

»Sie haben nichts bei mir offen, Mrs. Lee«, entgegnete ich ihr. Ich hatte es mir anders überlegt. »Für Fälle, die sich in einem lächerlichen Kompromiss zwischen Täter und Opfer auflösen, nehme ich kein Honorar, selbst wenn es mich tagelanges Engagement kostet. Und meine Unkosten hatten Sie ja im Voraus bezahlt. Wussten Sie übrigens von den beiden anderen Toten, die auf ganz ähnliche Weise umgekommen sind wie Herr Chia? Die Herren Tsen Haw und Chung Peng-tou …?«

»Ich habe es von der Polizei erfahren.« Es klang kleinlaut. Sie sah mich nicht an.

»Die Herren saßen ebenfalls auf Posten, die anderen in den Kram passen. Ich meine solche, die in ein paar Jahren hier regieren werden. Sie fangen jetzt an, ihr Nest zu polstern. Und sie sind nicht gerade fein in ihren Methoden.« Sie schwieg eine ganze Weile. Lächelte nicht, als sie dann feststellte: »Sie sind ein selbstbewusster Mann, Mister Lim Tok. Ich respektiere Ihre Prinzipien. Sie klingen mir sehr vertraut. Darf ich Ihnen meine Meinung zu diesem Deal sagen, den mein Schwager mit Herrn Hung Teh ausgehandelt hat?«

»Vielleicht qualifiziert es mich zum Banker, wenn ich es mir anhöre«, gab ich zurück, aber um es etwas freundlicher klingen zu lassen, grinste ich dabei und hob ihr mein Sektglas zu. Eine Frau von Format, denn sie nahm ebenfalls ihr Glas.

Während draußen eine neue Horde Pferde vorbeitrabte, sagte sie: »Wir Hongkonger, Mister Lim Tok, stecken in einer prekären Lage. In einigen Jahren wird sich hier das System verändern. England, dem Hongkong nicht gehört, veräußert Hongkong an China. Die Leute hier werden nicht gefragt. So wie sie nicht gefragt wurden, als man sie zu britischen Untertanen machte. Ohne Pass allerdings. Nun, wir wissen alle nicht, womit wir bei dieser Übergabe zu rechnen haben. Mein Schwager hat das wohl im Hinterkopf gehabt, als er sich mit Herrn Hung Teh einigte, weil dieser jetzt schon das neue System repräsentiert, das in der Kolonie einziehen wird …«

Ich überlegte, ob sie es darauf anlegte, dass ich sie oder ihren Bankiersschwager noch bedauerte, und ich warf spöttisch ein: »Nur dass er in New York sitzt und die Kolonie ihm ziemlich egal sein kann, mit Ausnahme der Börse, oder?«

»Eigentlich ja«, gestand sie. »Aber vergessen Sie nicht,

seine Mutter lebt in Hongkong. Sein elterlicher Besitz bleibt hier. Das sollte Konzessionen seinerseits in einem anderen Licht erscheinen lassen.«

Der Kellner unterbrach uns. Sie bestellte Kalbsmedaillons mit verschiedenen Beilagen, und weil mir nichts Besseres einfiel, es mir im Grunde auch egal war, was ich bei dieser unerfreulichen Zusammenkunft zu mir nahm, schloss ich mich an.

Als wir wieder allein waren, fragte ich sie vorsichtig: »Sind Sie sicher, dass Ihr verehrter Vater, der gute Lao Dang, der gleichen Meinung ist, Mrs. Lee?«

Das brachte sie sichtlich in Verlegenheit. Aber sie wurde nicht wütend. War offenbar nicht der Typ, der aus der Haut fährt, wenn man ihm Ungerade aufrechnet.

Sie seufzte. »Wie sehr Sie recht haben! In der Tat hat mein Vater der älteren Schwester einige sehr ernste Worte mit auf den Weg gegeben. Ich vermute, er denkt nicht viel anders als Sie. Aber auch er überlegt, wie es nach dem Anschluss an das Mutterland weitergehen soll.«

Wenn ich daran dachte, dass Lao Dang immerhin eine der einflussreichsten und schlagkräftigsten Triaden in der Kolonie managte, ein Gangstersyndikat der Sonderklasse, gegen das sich die italienische Mafia wie der CVJM ausnimmt, fand ich, dass er durchaus etwas zum Nachdenken hatte. Natürlich, die Geldleute von hier stellten sich darauf ein, dass sie sich mit den Mächtigen von morgen entweder zu arrangieren hatten oder aber ihr Begräbnis bestellen konnten. Nur ob man aus diesem Dilemma heraus heute schon sozusagen einen Mord schluckte? Um morgen in der ersten Liga zu spielen?

»Drei Morde«, erinnerte mich Nancy Lee, als ich ihr diese delikate Frage stellte. Sie versicherte mir, sie sei genauso erzürnt über eine solche Lumperei, aber schließlich sei Washington Chia der Sohn des letzten Ermordeten gewesen, und er habe zu entscheiden gehabt.

»Nicht Lao Dang?«

»Lao Dang hält sich aus allen Angelegenheiten, die mit der Übernahme der Kolonie durch das Mutterland zusammenhängen, heraus, so gut er kann.«

Die Kalbsmedaillons wurden gebracht.

Nancy Lee entsann sich: »Ich vergaß, Ihnen auszurichten, dass mein Vater sich Ihnen zu tiefem Dank verpflichtet fühlt. Er hat mir aufgetragen, das Ihnen ausdrücklich zu übermitteln.«

»Dafür, dass ich so gut wie nichts bewegt habe mit meinen Ermittlungen? Oder dafür, dass ich schweige?«

Sie holte tief Luft. Das sollte so viel heißen wie: Mit Ihnen hat man es schwer, aber ich gebe nicht auf! Sie sah mich über die Teller mit den verschiedenen Gemüsen hinweg ernst an und sagte: »Dafür, dass Sie sich zur Verfügung stellten, Mister Lim Tok. Und auch dafür, dass Sie als verschwiegener Mann alles vergessen werden, was es bei dieser Sache an fragwürdigen Aspekten gegeben hat.«

Das war deutlich. Ich wünschte ihr guten Appetit und griff mir das europäische Esswerkzeug. Eine Weile aßen wir schweigend. Dann machte mich Mrs. Lee in ihrer leisen Art aufmerksam: »Auch Sie, Mister Lim Tok, werden in einigen Jahren noch in Hongkong zu leben haben. Und zu arbeiten. Es wird für Sie dann von Vorteil sein, wenn man sie als einen fähigen Mann von außerordentlicher Diskretion kennt, meinen Sie nicht?«

Das meinte ich schon. Jenseits aller Moral gibt es die Realität, und in der hat man zu leben, nicht in den schönen Vorstellungen. Doch das sagte ich nicht. Ich verlor stattdessen einige Worte über das Fleisch, das erstaunlich zart war. Sie begriff. Erinnerte sich, dass sie zum Essen eigentlich hatte Wein bestellen wollen.

Ich hatte weder Lust auf Wein, noch behagte mir dieses ganze Gespräch mit einer Klientin, die zwar außerordentlich anziehend war, die ich aber am liebsten ganz schnell vergessen wollte samt ihrem Auftrag. Deshalb teilte ich ihr mit: »Übrigens habe ich der hiesigen Polizei Mitteilung vom Ergebnis meiner Ermittlungen gemacht. Dazu bin ich bei Mordsachen verpflichtet. Man hat mir gesagt, behördlicherseits bestehe kein Interesse an einer weiteren Verfolgung der Angelegenheit.«

»Das hat Ihnen vermutlich Mister Hsiang erklärt, nicht wahr?«

»Genau der, ja.«

»Ich habe ihn darüber informiert, dass unsere Familie ebenfalls nicht auf weiterer Verfolgung besteht, da die Täterin ja ohnehin umgekommen ist.«

Wie praktisch! Die Täterin. Eine kleine Katze mit Lotosknospe am Oberschenkel, die auf einen Mann angesetzt war, den sie nicht einmal kannte! Unglücklicherweise wurde sie von einem Unbekannten erstochen, und der musste dann türmen, bevor er ihr die Taschen leeren konnte, nur weil jemand dazu kam, der störte. Und der anschließend den Gewinn aus dem Casinoabend an

Land zog. Ein bisschen teilte. Commissario Cordan, der Unübertreffliche von Macao, konnte sich damit herumschlagen. Oder nicht. Ich glaube eher nicht, wie ich den Commissario kennen gelernt habe.

Mir war der Appetit vergangen. Ich schob nach einer Weile den Teller beiseite und murmelte anstandshalber: »Sehr gut, nur zu viel für meinen Magen …«

Natürlich hatte die Polizei kein weiteres Interesse mehr. Kein Beamter wusste, ob nicht in ein paar Jahren genau der Mann, den man jetzt zu jagen hätte, ausgerechnet den Posten des britischen Polizeichefs übernahm!

»Eine Welt, in der solche Dinge geschehen, ist zu bedauern«, sagte ich und griff nach einer Zigarette.

Sie dachte wohl an den Mord und nickte. Dann erinnerte sie mich: »Ich erwarte dann Ihre Rechnung, Mister Lim Tok!«

Ich blies Rauch seitwärts an ihr vorbei. Eigentlich hätte ich sie fragen sollen, ob ich rauchen dürfte, aber es war mir jetzt auch schon egal, ob ich unhöflich erschien oder nicht.

»Ich habe keine Ansprüche mehr an Sie«, wiederholte ich, so freundlich es mir gelang.

Sie machte: »Oh!« Aber dann zog sie es vor, nicht mehr darauf zurückzukommen. Murmelte nur etwas, das sich anhörte wie: »Ich erledige das schon …«

Und ab da widmeten wir uns wie auf Verabredung den in immer kürzeren Abständen draußen vorbeitrabenden Pferden, während sich die Duftwolke von »Jealousy« über dem Tisch ausbreitete.

13

Meine Dschunke gab die üblichen Geräusche von sich, das Knarren des Holzes, Wasserglucksen, den klirrenden Ton, wenn die Ankerkette schlaff wurde und an die Bordwand schlug. Aberdeen am Morgen. Die tutenden Schlepper und das Geschrei der Sampanfahrer, die Gemüse transportieren und Fisch. Das ferne Gesumm der Autos an Land und gelegentlich ein Vogelschrei. Es roch wie immer nach Salz und Modder, nach Fisch und geteertem Holz. Und es roch nach Pipi, die neben mir lag. Sie hätte nach der vorangegangenen Nacht nicht einmal mehr einen Kanonenschuss gehört, aber mir war der feine Signalton meiner Sicherungsanlage nicht entgangen, der mir anzeigte, dass jemand an der Bordwand war.

Oben an Deck blendete mich das grelle Morgenlicht. Es dauerte eine Weile, bis ich erkennen konnte, dass es sich um einen Walla-Walla-Fahrer handelte, der gerade herauszufinden versuchte, wie man auf meine Dschunke gelangte. Er winkte mit einem Brief, als er mich sah.

Ich ließ den Haken herab, sodass er das Kuvert einklemmen konnte. Er ratterte davon, während ich den Bankauszug betrachtete. Da hatte plötzlich ein Mr. Lim Tok aus Hongkong bei der New Yorker Pacific Bank ein Guthaben über 5000 Dollar. Und auf dem beigefügten Notizzettel, von Mrs. Nancy Lee unterschrieben, stand: »In Anbetracht künftiger Entwicklungen hoffe ich, in Ihrem Sinne gehandelt zu haben, wenn ich das Honorar in einiger Entfernung deponierte. Und die strenge Verschwiegenheit, die Sie über jeglichen Auftrag und jeden Klienten wahren, wissen wir sehr zu schätzen. N. L.«

Ich kroch wieder zu Pipi auf die Matte. Sie meinte, die Bemerkung über die Verschwiegenheit sei eine geschickt dekorierte Drohung, aber das Geld könnten wir schon brauchen.

Ich musste ihr sozusagen handgreiflich klarmachen, dass ich an einem Sonntagmorgen auf der Matte nicht einmal die Spur eines Gedankens an Drohungen verschwendete.